Konrad von Maurer

Über die Hœnsa-Þóris Saga

Antigonos

Konrad von Maurer

Über die Hœnsa-Þóris Saga

Unveränderter Nachdruck der Originalausgabe von 1871.

1. Auflage 2024 | ISBN: 978-3-38634-875-1

Antigonos Verlag ist ein Imprint der Outlook Verlagsgesellschaft mbH.

Verlag: Outlook Verlag GmbH, Zeilweg 44, 60439 Frankfurt, Deutschland, info@outlook-verlag.de
Vertretungsberechtigt: E. Roepke, Zeilweg 44, 60439 Frankfurt, Deutschland
Druck: Libri Plureos GmbH, Friedensallee 273, 22763 Hamburg, Deutschland

Ueber die

Hænsa-þóris saga.

Von

Konrad Maurer.

Aus den Abhandlungen der k. bayer. Akademie der W. I. Cl. XII. Bd. II. Abth.

München 1871.

Verlag der k. Akademie,

in Commission bei G. Franz.

Akademische Buchdruckerei von F. Straub.

Ueber die

Hænsa-þóris saga.

Von

Konrad Maurer.

Widerholt schon habe ich geglaubt darauf aufmerksam machen zu
sollen, dass die isländische Sagenlitteratur erheblich jüngeren Datums
sei, als man diess gemeiniglich anzunemen pflegt[1]). Die allgemeineren
Gründe, auf welche der namhafteste Vertreter jener weitverbreiteten
Ansicht, P. E. Müller, dieselbe zu stützen suchte, wurden dabei von mir
widerlegt, und eine Reihe von Quellenstellen vorgeführt, welche die Behauptung rechtfertigen, dass vor dem letzten Viertel des 12. Jahrhunderts
auf Island von einer Sagenschreibung, soweit einheimische Geschichts-
stoffe in Frage stehen, noch keine Rede war. Aber Müller und seine
Nachfolger haben sich nicht darauf beschränkt, ihre Sätze allgemeinhin
auszusprechen und zu vertheidigen, vielmehr haben sie auch eine Anzahl
einzelner Sagen als solche bezeichnet, welche bereits aus dem Anfange
des 12. Jahrhunderts oder doch aus wenig späterer Zeit stammen sollten,

---

1) vgl. zumal meine Abhandlung Ueber die Ausdrücke altnordische, altnorwegische und isländische Sprache, S. 497—8, und 683, sowie meinen Artikel Ueber die norwegische Auffassung
der nordischen Litteraturgeschichte, S. 46—47, und 67—68 (in der Zeitschrift für deutsche
Philologie, Bd. I).

1*

und eine erfolgreiche Bekämpfung jener frühen Datirung der Sagenlitteratur setzt demnach voraus, dass auch in dieser Beziehung ihre
Verfechter Schritt für Schritt verfolgt und widerlegt werden. Anderen-
theils habe ich auch schon mehrfach die Ansicht ausgesprochen und
verfochten [1]), dass die uns erhaltene Íslendíngabók des Ari hinn fróði
nur eine wesentlich abgekürzte Ueberarbeitung eines älteren, ungleich
umfassenderen Werkes desselben Verfassers sei, welches letztere im
13. Jahrhundert auf Island noch allgemein gekannt und mehrfach benützt
worden sei, und von hier aus ist mir die Aufgabe nahe gelegt, Umschau
zu halten, wieweit etwa in Werken der angegebenen Zeit Ueberreste
jener ersten Redaction zu finden, oder sonst irgend welche Einflüsse
derselben zu verspüren sein möchten. Beide Gesichtspunkte zugleich
bestimmen mich, zunächst die Hænsaþóris saga zum Gegenstande einer
eingehenderen Prüfung zu wählen, mit welcher mich rechtsgeschichtliche
Studien ohnehin schon mehrfach in Berührung gebracht haben.

Ueber die Entstehungszeit dieser Quelle gehen die Ansichten der
neueren dänischen und norwegischen Litterarhistoriker von denen der
isländischen Gewährsmänner beträchtlich ab. P. E. Müller nimmt an,
dass dieselbe bereits im Anfange des 12. Jahrhunderts „zusammengesetzt,
wenn auch nicht nidergeschrieben" worden sei, wesshalb dieselbe denn
auch vollständigen Glauben verdiene[2]). P. A. Munch, welcher die Sage
ins Dänische übersetzte, schliesst sich diesem Urtheile nach beiden Seiten
hin in den bestimmtesten Ausdrücken an[3]). N. M. Petersen, welcher in
seiner Geschichte der altnordischen Litteratur auf dieselbe zu reden
kommt, spricht sich zwar über deren Werth und Alter nicht ausdrücklich
aus, scheint aber doch auch seinerseits Müller's Ansicht festhalten zu
wollen [4]). Endlich R. Keyser rechnet die Sage in seiner Litteraturgeschichte zu denjenigen, die am Frühesten zusammengesetzt, sowie auch

---

1) vgl. zumal meine Abhandlung über Die Quellenzeugnisse über das erste Landrecht und
über die Ordnung der Bezirksverfassung des isländischen Freistaates, S. 68. und fgg., sowie
meinen Aufsatz in der Germania, Bd. XV, S. 297—321.

2) Sagabibliothek, I, S. 84—85 (1817).

3) Sagaer eller Fortællinger om Nordmænds og Islænderes Bedrifter i Oldtiden; II, Hœnse-
Thorers Saga (Christiania, 1845), Vorrede, S. III.

4) Annaler for Nordisk Oldkyndighed, (1861), S. 210—11.

am Ersten nidergeschrieben worden seien, und meint, das Letztere werde gegen die Mitte des 12. Jahrhunderts geschehen sein[1]). Dem gegenüber lässt aber Jón Sigurðsson, der Herausgeber der Sage, zwar die Anname unbeanstandet, dass dieselbe zu den älteren Sagen gehöre, erklärt dagegen bezweifeln zu müssen, dass ihre Entstehung bis in den Anfang des 12. Jahrhunderts hinaufgesetzt werden dürfe[2]); Guðbrandr Vigfússon aber spricht vollends in seiner Chronologie der isländischen Sagen die Vermuthung aus, dass Styrmir hinn fróði bei deren Abfassung betheiligt gewesen sein möge[3]), was deren Entstehung um ein volles Jahrhundert herabrücken würde, da Styrmir erst im Jahre 1245 starb. Mit der Begründung dieser verschiedenen Behauptungen sieht es indessen vorläufig noch übel genug aus. Bischof Müller stützte seine Angabe lediglich darauf, dass in der Sage einmal Úlfhèðinn Gunnarsson als Gewährsmann angeführt wird, welcher in den Jahren 1108—16 das Amt eines Gesetzsprechers bekleidete, und im zuletzt genannten Jahre starb[4]). Aber Jón Sigurðsson hat bereits vollkommen richtig erkannt, dass die Stelle, welche diese Bezugname enthält, lediglich ein späteres, aus der Íslendíngabók Ari's entnommenes Einschiebsel sei, in welcher letzteren denn auch wirklich jene Verweisung auf Úlfhèðin in ganz gleicher Weise sich findet[5]), und ich habe meinerseits ausführlich nachzuweisen gesucht, dass es die erste Redaction der Íslendíngabók gewesen sei, aus welcher die Interpolation entlehnt wurde[6]), sodass jenes Argument als vollkommen hinfällig geworden bezeichnet werden darf. So bleibt demnach Nichts als die von Munch betonte Berufung auf die Alterthümlichkeit der Sprache in der Sage übrig, ein Moment, welches in keiner Weise geeignet

---

1) Efterladte Skrifter, I, S. 488, vgl. mit S. 487 (1866).

2) Íslendínga sögur, II, Vorrede, S. XIV (1847).

3) Safn til sögu Íslands. I, S. 306 (1856).

4) Die Belege giebt Jón Sigurðsson, im Safn, II, S. 21—22.

5) Íslendínga sögur, II, S. XIV—XV, und S. 172—74, Anm. 28. Munch, der in seiner Uebersetzung der Sage die Interpolation noch nicht als solche erkannt hatte, macht in seiner Norwegischen Geschichte, I, 2, S. 155, Anm. (1853) auf sie aufmerksam, jedoch ohne Jón Sigurðsson zu nennen. Petersen widerholt einfach Müller's Angabe, ohne von der Berichtigung Notiz zu nemen.

6) Quellenzeugnisse, S. 76—84.

ist auf ein so überaus hohes Alter, oder überhaupt auf eine ganz bestimmt begrenzte Entstehungszeit derselben schliessen zu lassen. Umgekehrt ist mir aber auch nicht der mindeste aüssere Anhaltspunkt bekannt, welcher dieselbe mit Styrmir in Beziehung zu bringen gestatten würde, und was wir anderweitig über dessen schwülstige Schreibweise erfahren, will zu der schlichten und knappen Darstellung der Sage meines Erachtens nur wenig passen. Eine neuerliche Untersuchung der Entstehungszeit derselben ist hiernach kein unnöthiges Unternemen, und der Versuch jedenfalls der Mühe werth, ob sich nicht andere und sicherere Anhaltspunkte zur Bestimmung ihres Alters als die bisher besprochenen auffinden lassen.

Der handschriftliche Befund lässt uns zu bestimmten Ergebnissen in dieser Richtung allerdings nicht gelangen. Ich habe anderwärts bereits zu bemerken gehabt[1]), dass die beiden Blätter einer Membrane, der einzigen von welcher uns überhaupt Etwas erhalten ist, nicht über die erste Hälfte des 15. Jahrhunderts hinaufreichen, und dass die sämmtlichen Papierhss. auf denen unser Text der Quelle im Uebrigen beruht, auf eine einzige Urhs. zurückzuweisen scheinen. Ich habe damals auch nicht unerwähnt gelassen, dass Jón Sigurðsson für nicht unwahrscheinlich hält, diese gemeinsame Urhs. möge gerade in jener Membrane bestanden haben, von welcher jene beiden Blätter uns noch übrig sind[2]), wogegen Guðbrandr Vigfússon dieselbe in der im Jahre 1728. verbrannten Vatnshyrna erkennen möchte[3]); jetzt aber möchte ich zur Unterstützung der letzteren Anname noch geltend machen, dass derselbe Propst Ketill Jörundarson, dessen nunmehr verlorene Abschrift der Sage Jón Sigurðsson als das Mittelglied zwischen jener Membrane und den Papierabschriften ansieht, auch von allen anderen in der Vatnshyrna enthaltenen Sagen, mit alleiniger Ausname etwa der Vatnsdæla, Abschriften hinterlassen hat, sodass alle Wahrscheinlichkeit dafür spricht, dass von ihm diese ganze Sammelhs. in allen ihren einzelnen

---

1) ebenda, S. 76. Die Fragmente reichen von cap. 3, S. 131, Anm. 16, bis cap. 6, S. 140, Anm. 20, dann von cap. 15, S. 175, Anm. 3, bis cap. 17, S. 183, Anm. 17. der Sage.

2) vgl. S XV. seiner Vorrede.

3) vgl. die Vorrede zu den von ihm und Th. Möbius herausgegebenen Fornsögur, S. XIV, Anm.

Theilen copirt worden sei[1]). Da übrigens die Vatnshyrna selbst ebenfalls erst um das Jahr 1400. herum geschrieben worden zu sein scheint,
kann für unseren Zweck sehr gleichgültig sein, ob sie oder jener andere
Membrancodex die gemeinsame Quelle unserer Papierhss. gebildet habe;
über das Jahr 1400. reicht die handschriftliche Gewähr für die Sage
so wie so nicht zurück, und da andererseits aus anderwärts bereits dargelegten Gründen vor den letzten Jahrzehnten des 12. Jahrhunderts
noch keine Sagenschreibung als vorhanden angenommen werden kann,
wäre etwa die Zeit von 1200. bis 1400. als diejenige zu betrachten,
welcher die Entstehung unserer Sage anheimzufallen hätte. Geschichtliche Zeugnisse über das Alter derselben fehlen vollständig, soferne
dieselbe in keiner anderen erhaltenen Quelle genannt oder angeführt
wird. Allerdings geschieht einzelner in derselben erzählter Vorgänge
und einzelner in ihr auftretender Persönlichkeiten auch anderwärts noch
Erwähnung; aber dabei macht sich auch sofort bemerkbar, dass diese
Erwähnung keineswegs überall eine völlig conforme ist, dass vielmehr
unsere Sage mit jenen anderen Quellen hin und wider in einem auffälligen Widerspruche steht, während sie anderwärts mit denselben
wider nicht minder auffällige Berührungspunkte hat, sei es nun dass sie
solche benützt habe, oder dass sie umgekehrt von ihnen benützt worden
sei. Solche Vorkommnisse bedürfen indessen einer specielleren Erörterung,
ehe aus ihnen Ergebnisse für die Genesis unserer Sage gewonnen werden
können, und sie werden solche unten noch finden. Die Sprachformen
und die Darstellungsweise derselben erkennt Jón Sigurðsson, der
competenteste Richter, als alt an[2]); aber ein bestimmteres Urtheil über
dieselben abzugeben, ist schwer. Von den entschieden für das 12. Jahrhundert charakteristischen Formen weiss ich in der Sage keine zu entdecken; wohl aber fehlt es nicht an gar mancherlei seltenen Worten,
die auf ein ziemlich hohes Alter der Quelle schliessen lassen. Ich habe
mir abgesehen von dem unten noch ausführlich zu besprechenden Ausdrucke lögmálsstaðr, beispielshalber die folgenden notirt: algjafta, cap. 5,
S. 138; ala á málit, cap. 4, S. 133. und cap. 11, S. 163; bærr er

---

1) vgl. hierüber meine Bemerkungen in der Germania, XII, S. 482—3.
2) Vorrede, S. XIV.

hverr at ráða sínu, cap. 7, S. 145; vm morgininn í ár, cap. 11, S. 161;
draga nasirnar, cap. 5, S. 136; forkast, cap. 6, S. 141; gjálgrun, cap. 5,
S. 139; hínkr, cap. 7, S. 147; hugsi, cap. 10, S. 156; iðgjöld, cap. 15,
S. 175; illbýli, cap. 6, S. 141; klifgata, cap. 15, S. 176; misgöng,
cap. 2, S. 127; nytlèttr, cap. 17, S. 180; skermsl, cap. 17, S. 181;
sneiðigata, cap. 15, S. 175; spark, cap. 5, S. 139; sumarkaup, cap. 1,
S. 124; útifè, cap. 10, S. 155; úlfs munni af etaz, cap. 11, S. 165;
örkola, cap. 4, S. 134. Aber freilich ist es schwer, aus solchen Vor-
kommnissen sichere Schlüsse zu ziehen. Manche der obigen Worte
lassen sich, so selten sie sind, doch auch in einzelnen anderen Quellen
nachweisen, wie hierauf z. B. bezüglich des Wortes misgöng bereits
von dem Herausgeber, S. 127—8, Anm. 12, und S. 512. aufmerksam
gemacht worden ist; um morgininn í ár steht auch in der Hervarar s.,
cap. 19, S. 503, und ár um morgininn in der Grágás, Kgsbk. §. 187,
S. 94—5; das ala á málit findet sich auch in der Svarfdæla, cap. 21,
S. 172, und die iðgjöld bietet die Vatnsdæla sogar zweimal, cap. 7,
S. 13, und cap. 38, S. 61; mit dem „bærr er hverr at ráða sínu“ ver-
gleicht sich das „bærr þykkjumst ek at ráða“ des Hemíngs þ. in der
Flateyjarbók, III, S. 404, und zu dem „úlfsmunni af etaz“ das „hefir
mèr farit sem varginum; þeir etast þar til er at halanum kemr“ der
Bandamanna s., S. 35. Zum Theil ist es auch wohl rein zufällig, dass
dieses oder jenes Wort in den Quellen weiter nicht begegnet, wie denn
z. B. von útigángsfè oder útigángspeníngr noch heutigen Tages auf Island oft genug gesprochen wird, um das útifè unserer Sage nicht auffällig erscheinen zu lassen, und in weit häufigeren Fällen noch mögen
Worte dem einzelnen Leser als selten vorkommende oder selbst einzig
dastehende erscheinen, die doch anderwärts sich widerfinden; solange
zumal das von R. Cleasby begonnene und von Guðbrandr Vigfússon
ausgearbeitete Wörterbuch mit seinen reichlich und sorgsam ausgewählten
Belegstellen noch nicht vollständig vorliegt, werden Wenige über eine
genügende Detailkenntniss des gesammten Wortschatzes der altisländischen
Sprache verfügen, um derartige Fragen mit voller Sicherheit entscheiden
zu können. Umgekehrt weiss ich aber auch keine Ausdrücke nachzuweisen, die entschieden auf eine spätere Zeit als das 13. Jahrhundert
hindeuten würden, und insbesondere verrathen die juristischen Ausdrücke

nirgends einen Einfluss der seit dem Jahre 1273. eingeführten norwegischen Rechtsordnung; höchstens die Bezeichnung varzla für die Bürg-
schaft in cap. 5, S. 135. könnte allenfalls auf norwegischen Ursprung
zurückzuführen sein, aber selbst bei ihr möchte ich diese Herleitung
nicht für sicher halten. Was aber die Darstellungsweise der Sage betrifft, so ist diese allerdings im Grossen und Ganzen so schlicht und
einfach, dass man dadurch wohl auf das 13. Jahrhundert und selbst
auf dessen erste Hälfte als die Entstehungszeit derselben zu schliessen
sich veranlasst sehen möchte; indessen fehlt es doch auch nicht an
Einzelnheiten, welche einem solchen Schlusse entgegengehalten werden
könnten, und eine genauere Prüfung des Inhaltes der Sage wird somit
nothwendig, mit welcher sich dann auch zugleich eine eingehendere Erörterung der Unebenheiten in der Darstellung derselben, sowie des Ver-
hältnisses verbinden lässt, in welchem ihre Angaben zu den Angaben
anderer Quellen stehen.

Die Geschichte, welche die Hænsaþóris saga erzählt, ist ganz desselben Schlages wie sie die Íslendínga sögur ihrer grossen Mehrzahl
nach zu bieten pflegen. Blundketill, ein Sohn des Geirr hinn auðgi
aus Geirshlíð, eines Sohnes des Ketill blundr, „nach welchem das
Blundsvatn benannt ist", wohnte im Örnólfsdalr; er war ein braver,
allgemein beliebter Mann, und dabei so reich, dass er nicht weniger als
30. Pächter hatte. Nun geschah es einmal, dass norwegische Schiffer
in den Borgarfjörðr einliefen, die sich nicht, wie diess der allgemeine
Brauch forderte, von Túngu-Oddr als dem mächtigsten Häuptlinge der
Gegend ihre Waaren taxiren lassen wollten. Daraufhin hatte dieser,
wie diess öfter zu geschehen pflegte, allen Verkehr und jede Handelschaft
mit denselben verboten, und die Fremden dadurch in die übelste Lage
gebracht. Mit dem Vater des Schiffsherrn befreundet, nam Blundketill
ihn sammt seiner ganzen Mannschaft trotz des Verbotes bei sich auf;
Túngu-Oddr aber trug ihm diese Auflehnung gegen sein Gebot bitter
nach, wenn er gleich gegen den ebenso thatkräftigen als angesehenen
Mann offen vorzugehen nicht wagte. Bald ergab sich ein neuer Conflict.
Der Sommer war schlecht gewesen, und nur wenig Heu war eingebracht
worden. Blundketill hatte sich unter solchen Umständen nicht nur
selber mit Vorräthen wohl vorgesehen, sondern auch allen seinen Pächtern

genau vorgeschrieben, wieviel Vieh ein jeder von ihnen im Herbste
schlachten solle; aber die Leute kamen dieser seiner Vorschrift nicht
nach, und zeigten vielmehr dieselbe Sorglosigkeit, mit welcher der isländische Bauer noch heutigen Tages dem Winter entgegenzugehen pflegt:
sie stellten weit mehr Stücke auf, als sie mit ihren Vorräthen zu über-
wintern im Stande waren, und Einer nach dem Andern sah demgemäss
sein Futter aufgehen, ehe das Vieh noch seine Nahrung auf der Weide
finden konnte. Einer nach dem Andern wandte sich nun an Blundketill,
und mitleidig half dieser aus so lange er konnte. Er liess sogar eine
Anzahl seiner eigenen Pferde schlachten, um nur seinen Landsassen
aufhelfen zu können; aber trotzdem wollten auch seine Vorräthe für
den vermehrten Bedarf auf die Dauer nicht vorhalten, und noch immer
wollte der Winter kein Ende nemen. Nun wohnte in der Nachbarschaft
ein Mann Namens þórir; der hatte vordem als Händler mit allerlei
kleinen Waaren das Land durchzogen, und weil er einmal nach dem
Nordlande Hühner mitgebracht hatte, den Beinamen Hænsa-þórir, d. h.
Hühnerþórir, erhalten. Nach und nach war er vermöglich geworden,
und hatte sich den Hof zu Vatn gekauft; weil er aber von geringer
Herkunft, und überdiess allerwärts übel angesehen war, hatte er sich
um eine Stütze umgesehen, und eine solche an dem Häuptlinge Arngrímr
Helgason zu Norðrtúnga gefunden, wofür er dessen Sohn Helgi, nach
welchem der Hof seinen späteren Namen Helgavatn erhielt, in Pflege
nemen, und demselben überdiess die Hälfte seines gesammten Vermögens
zusichern musste. Von diesem þórir nun wusste man, dass er noch
Ueberfluss an Heu habe, und an ihn wandte sich darum Blundketill,
um solches zu kaufen; aber der ebenso misgünstige als gemeine Mensch
leugnete erst den Besitz entbehrlicher Vorräthe ab, und verweigerte dann
trotz der liberalsten Kaufsangebote Blundketils deren Veräusserung: da
nam dieser ihm zornig das entbehrliche Heu weg, legte dessen Werth
an die Stelle und gieng fort. Juristisch war dieses Verfahren in keiner
Weise zu rechtfertigen, wenn es auch durch das boshafte Verhalten
þórir's sich entschuldigen lassen mochte; þórir selber will in demselben
den Thatbestand eines Raubes erkennen, und wendet sich erst an Arngrím, dann an Túngu-Odd um Hülfe. Da hier wie dort des Mannes
Pflegesohn, der brave Helgi, den wahren Sachverhalt offen aufklärt,

wird sein Gesuch von Beiden abgewiesen; aber dafür nimmt sich þorvaldr, Túngu-Odds Sohn, von þórir beschwätzt und bestochen der Sache an, und reitet, ohne auch nur mit seinem Vater darüber gesprochen zu haben, von Arngrím und Helgi begleitet, mit þórir und einer Schaar von über 30 Leuten nach Blundketils Hof. Nochmals macht dieser die liberalsten Anerbietungen; dennoch lässt sich þorvaldr, welchem þórir die Sachführung rechtsförmlich übertragen hatte, von diesem bestimmen, ihn wegen Raubes förmlich vor Gericht zu laden. Ganz verstört über diese ehrenrührige Anklage kehrt Blundketill in sein Haus zurück; da vermag der Norweger Örn, vom Zorne über die seinem Gastfreunde angethane Schmach übermannt, nicht mehr an sich zu halten: er legt einen Pfeil auf den Bogen, und schiesst mitten in den Haufen der Gegner hinein. Das Unglück will, dass das Geschoss gerade den Helgi Arngrímsson trifft, des bösen þórir wackeren Pflegling, und zwar tödt-lich; diess bedingt die Katastrophe. Von þórir angehetzt, überfallen Arngrímr und þorvaldr gleich in der folgenden Nacht den Hof im Örnólfsdalr, zünden ihn an, und lassen dessen Bewohner sammt und sonders in demselben verbrennen, indem sie ihnen den Ausgang mit gewaffneter Hand wehren; dieser Mordbrand aber ist es, welcher den Mittelpunkt der ganzen Erzählung bildet, indem der zweite Theil der Sage, wie diess in änlichen Fällen regelmässig zu geschehen pflegt, nur mit der Rache sich beschäftigt, welche für die begangene Gewaltthat genommen wird. — Blundketils Sohn, Hersteinn, war zufällig gerade in der Nacht, in welcher der Mordbrand begangen wurde, von Hause ab-wesend, und bei seinem Pflegevater, dem alten þorbjörn stígandi, zu Gaste gewesen. Durch einen Traum geweckt, steht er auf und sieht die Brandröthe; sie reiten nach dem Örnólfsdal, und finden die Brand-stätte bereits von den Gegnern verlassen. Auf þorbjörns Rath wenden sie sich zunächst an Túngu-Odd, der Jenem einst Beistand in allen Nöthen verheissen hatte; aber der reitet zwar mit ihnen zur Brandstätte, jedoch nur um hier ein glimmendes Holzscheit zu ergreifen, mit diesem der Sonne entgegen die Hofstatt zu umreiten, und damit das unbewohnt gefundene Land als herrenlos für sich selbst in Besitz zu nemen! Jetzt greift der alte þorbjörn nach einem anderen Auswege. Er sammelt alles zum Hofe gehörige Vieh, belastet mit der Fahrhabe, soweit sie das

Feuer verschont hatte, die Pferde, und reitet, die Thiere vor sich her-
treibend, mit Hersteinn nach Svignaskarð, wo þorkell trefill wohnt, ein
mächtiger Häuptling. Des Vorgefallenen unkundig und nur an Blundketils Heumangel denkend, ladet sie dieser in zuvorkommendster Weise
ein, ihre Thiere bei ihm in Futter zu geben, und erbietet sich ihnen
überhaupt zu jeder Hülfeleistung; als er dann hinterher Blundketils Tod
erfährt, wird er allerdings bedenklicher, mag aber doch die einmal ge-
gebene Zusage nicht zurückziehen. Nach kurzer Rast reitet er mit
seinen Gästen weiter, und zwar nach Gunnarsstaðir auf den Skógarströnd,
einem noch jetzt bestehenden Hofe an der Südküste des Hvammsfjörðr.
Hier wohnte damals Gunnarr Hlífarson, ein tüchtiger Mann, welcher
des mächtigen þórðr gellir Schwager war. Es hatte aber Gunnarr zwei
Töchter, Jófríðr und þuríðr; um die letztere hält Hersteinn sofort an,
und obwohl Gunnarr Bedenkzeit wünscht, zumal auch um vorerst mit
seinem Schwager Rücksprache nemen zu können, wissen die Besuchenden
doch durch eifriges Drängen durchzusetzen, dass þuríðr sofort verlobt
wird. Jetzt erst erfährt Gunnarr Blundketils Tod. Des anderen Tages
reiten sie nun Alle zusammen nach Hvammr zu þórðr gellir, in dessen
Hause þuríðr erzogen wurde. þórðr äussert sich sehr freundlich über
Blundketil, von dem er selber vordem grosser Gastfreiheit genossen
hatte, und lässt sich ohne viele Mühe bereden, seine Zustimmung zu
der Heirath zu geben. Er lässt sich sogar dazu herbei, die þuríð mit
eigener Hand zu verloben, und verspricht, schon nach achttägiger Frist
die Hochzeit seinerseits zu Hvammr auszurichten; auch er erfährt aber
den Tod Blundketils erst hinterher, nachdem die Verlobung bereits vollzogen ist. Wohl ist er nun gar sehr erzürnt über den ihm gespielten
Betrug; aber zurückgehen kann und will auch er nicht mehr, und so
wird denn die Hochzeit in seinem Hause gehalten. Bei dieser legt
Hersteinn das feierliche Gelübde ab, den Arngrím aufs Aeusserste zu
verfolgen, und Gunnarr gelobt das Gleiche in Bezug auf þorvald; nur
þórðr lässt sich in keiner Weise zu einem änlichen Gelübde Túngu-Odd
gegenüber bestimmen. Im Frühjahre wird die rechtsförmliche Ladung
gegen Arngrím, þorvald und Hænsaþórir erlassen, und durch dieselbe
der Handel an dem þingnessþing anhängig gemacht. Hænsaþórir macht
sich jetzt bis auf Weiters unsichtbar; im Uebrigen aber sammelt man

beiderseits Anhänger, und macht sich auf die Dingreise. In der Gegend übermächtig, verwehrt Túngu-Oddr der Klagsparthei mit 4. Hunderten von Leuten den Uebergang über die Hvítá (den þrælastraum); im Kampfe fallen beiderseits ein paar Leute, darunter ein angesehener Mann aus dem Breiðifjörðr, þórólfr refr: schliesslich muss die Klagsparthei sich zurückziehen, ohne auch nur die Dingstätte betreten zu haben, und die Sache an das Allding hinüberleiten, da sie dieselbe am Untergerichte nicht zur Verhandlung zu bringen vermag. Hersteinn übernimmt nun zunächst den Hof zu Gunnarsstaðir, Gunnarr dagegen den im Örnólfsdalr, welchen er neu aufbaut; als aber die Dingzeit heranrückt, muss der Erstere Krankheits halber daheim bleiben, und seine Genossen unter der Führung des þórðr gellir allein reiten lassen. þórðr kommt sehr frühzeitig zum Alldinge, welches dazumal unter dem Ármannsfell gehalten wurde; rasch verstärkt er sich durch einen Zuzug nach dem anderen, und als endlich Túngu-Oddr mit den Seinigen heranzieht, stellt er sich ihm entgegen, um ihm mit gewaffneter Hand den Zutritt zu der geweihten Dingmark zu wehren. Obwohl von 3. Hunderten von Leuten begleitet, war Túngu-Oddr doch seinen Gegnern an Zahl der Anhänger bei Weitem nicht gewachsen; er verlor im Kampfe nicht wenige der Seinigen, und wurde hart bedrängt, bis es endlich unpartheiischen Männern gelang unter den Partheien dahin zu vermitteln, dass er ausserhalb der Ding-mark seine Zelte aufschlagen und sich durchaus friedlich halten, dafür aber zu den Gerichten freien Zutritt haben, und auch zur Vorname seiner sämmtlichen übrigen rechtlichen Geschäfte ungestört zugelassen werden sollte. In der Hauptsache selbst suchte man ebenfalls einen Vergleich zu vermitteln; damit aber gieng es schwer, weil die Ueber-macht der Klagsparthei eine gar zu grosse war. Mitten in den Bericht über diese Vergleichsverhandlungen findet sich nun jene oben erwähnte, aus der älteren Recension der Íslendíngabók entlehnte Episode einge-schoben, welche sich auf die von þórðr gellir gelegentlich dieser Streit-sache am Alldinge beantragte und durchgesetzte Ordnung der Bezirks-verfassung der Insel bezieht; dann aber lenkt die Sage wider zu Hersteinn hinüber, und erzählt, wie dieser bald nach der Abreise seiner Genossen besser wurde, und wie er sich sofort nach dem Örnólfsdal aufgemacht habe. Da sei nun eines Morgens ein Bauer Namens Örnólfr zu ihm gekommen, um ihn zu bitten, dass er seine kranke Kuh ansehen und ihm ihrethalb rathen möge. Da sich der Mann von seiner Bitte nicht abbringen liess, sei er wirklich mit ihm gegangen; bald aber habe er, scharfen Auges wie er war, im Walde Schilde blinken sehen, und daraus geschlossen, dass ihn der Nachbar verrathen wolle. Da dieser auf eine dessfällige Aeusserung schweigt, erkennt Hersteinn, dass er durch einen Eid gebunden sein müsse; er heisst ihn sich niderlegen, und liegen bleiben ohne einen Laut von sich zu geben; er kehrt um, holt sich Hülfe, und nöthigt dann den Gefangenen, nach dem verabredeten Orte voranzugehen und hier zu thun wie ihm geboten war. Da steigt Örnólfr auf einen kleinen Hügel, und thut einen lauten Pfiff. Sofort kommen 12. Bewaffnete aus dem Walde hervorgestürzt, und unter ihnen Hænsa-þórir als ihr Führer; alle Zwölfe werden sie ergriffen, und dem Hænsa-þórir schlägt sofort Hersteinn mit eigener Hand den Kopf ab, mit welchem er sodann seinen Genossen zum Alldinge nachreitet. Hier erndtet er vielen Ruhm durch seine That; andererseits aber führen jetzt auch die Vergleichsverhandlungen zu einem gedeihlichen Ende, indem Arngrímr goði und die übrigen bei dem Mordbrande Betheiligten sich der Acht unterwerfen, jedoch so, dass þorvaldr gegen Erlage schwerer Geldbussen nach Ablauf dreier Jahre wider sollte heimkehren dürfen. Damit war der Rechtshandel zu Ende, welcher der Klagsparthei grosse Ehre ein-brachte; weiterhin giebt dann aber die Sage noch über die ferneren Schicksale einiger ihrer Hauptpersonen kurzen Aufschluss. Sie erzählt nämlich, wie þóroddr, ein zweiter Sohn Túngu-Odds, mit der Jófríðr, der anderen Tochter Gunnars, Bekanntschaft macht, um sie anhält, und zunächst eine abschlägige Antwort erhält; wie dann derselbe þóroddr, als sein Vater sich anschickt, sein angebliches Recht auf das Land im Örnólfsdal gegen Gunnar geltend zu machen, zunächst den Conflict ab-zulenken weiss, zuletzt aber, als es zum Kampfe kommen will, seine Werbung erneuert, und nach erhaltenem Jawort sich sofort seinem eigenen Vater gegenüber auf Gunnars Seite stellt. Trotz Túngu-Odds Abneigung gegen die Verbindung kommt die Hochzeit nunmehr zu Stande; aber schon nach Ablauf eines Jahres fährt þóroddr ausser Lands, um seinen Bruder þorvald, welcher in Schottland in Gefangenschaft ge-rathen war, aus dieser zu befreien, und keiner der beiden Brüder sah je die Heimat wider. Jófríðr heirathete in zweiter Ehe den mächtigen þorstein Egilsson zu Borg; Túngu-Oddr aber starb in hohem Alter, und wurde seinem Wunsche gemäss auf dem Skáneyjarfjall bestattet, um auch nach seinem Tode noch die ganze Landschaft übersehen zu können, die er sein Leben lang beherrscht hatte.

Diess der Inhalt der Sage. Vergleiche ich diesen zunächst mit dem Inhalte anderer Quellen, so fällt vor Allem eine Reihe sehr erheblicher Differenzen auf, welche zwischen der Darstellung unserer Sage und denjenigen Angaben bestehen, welche wir dem verlässigsten aller isländischen Geschichtschreiber, dem alten Ari þorgilsson, verdanken. Im 5. Capitel seiner Íslendíngabók kommt dieser auf dieselben Vorgänge zu sprechen, welche den Hauptgegenstand der Hænsaþóris s. bilden, und zwar veranlasst durch das Gesetz über die Bezirksverfassung der Insel, welches im Zusammenhange mit eben diesen Vorgängen erlassen wurde; er erzählt dieselben aber theilweise in ganz anderer Art als unsere Sage. Auch Ari nennt den þorvald Túngu-Oddsson und den Hænsaþórir als bei dem im Örnólfsdalr begangenen Mordbrande betheiligt; von einer Betheiligung des Arngrímr goði spricht er dagegen mit keinem Worte. Auffälliger noch ist, dass er das Verbrechen nicht an Blundketil, sondern an þorkel Blundketilsson verüben lässt, und dass er in Folge dessen den Herstein nicht zu Blundketils, sondern zu þorkels Sohn macht. Widerum nennt er Hersteins Frau þórunn, nicht þuríð, während doch auch er sie zu einer Tochter Gunnars und der Helga, der Schwester þórðr gellir's, macht, sowie zu einer Schwester jener Jófríð, welche den þorstein Egilsson heirathete. Endlich den Hænsaþórir lässt er am Alldinge verurtheilen und erst hinterher erschlagen, während unsere Sage ihn noch vor der Erledigung der Klagsache seinen Tod finden lässt, und von der Ordnung der Bezirksverfassung der Insel, um deretwillen allein Ari den ganzen Vorgang berührt hatte, nimmt die Sage vollends gar keine Notiz, wenn man von jenem Einschiebsel absieht, welches derselben ursprünglich vollkommen fremd gewesen war. Da ich mich über diese Interpolation bereits bei einer früheren Gelegenheit ausführlich ausgesprochen habe, kann ich mich hier auf die Bemerkung beschränken, dass dieselbe, weil in so gut wie allen unseren Abschriften der Sage enthalten, aller Wahrscheinlichkeit nach bereits in der Vatnshyrna ge-

standen haben wird, ohne dass sich doch mit Sicherheit bestimmen
liesse, ob dieselbe erst von dem Schreiber dieser Hs. in seinen Text
eingestellt, oder aber von ihm bereits in seiner älteren Vorlage vorgefunden worden sei; da wir indessen wissen, dass für die þórðar s. hreðu
eben jener Vatnshyrna, dann für den þorsteins þ. uxafóts der im Auf-
trage desselben Mannes geschriebenen Flateyjarbók dieselbe ältere Recension der Íslendíngabók benützt wurde, aus welcher auch jenes Einschiebsel geflossen ist, hat die erstere Anname in der That Manches für
sich. Um so entschiedener sind dagegen die oben erwähnten Abweichungen zwischen den Angaben Ari's und unserer Sage ins Auge zu fassen,
welche in der That um so auffälliger sind, als im Uebrigen die Darstellung
beider ganz gut zu einander stimmt. Da zeigt sich nun sofort, dass
auch unsere übrigen Quellen sich sehr bestimmt in zwei Heerlager theilen.
Dem Ari folgt ganz und gar die Laxdæla, cap. 7, S. 16, wo es heisst:
„þórunn hèt dóttir hans (nämlich Gunnars Hlífarsonar); hana átti Her-
'steinn son þorkels Blundketilssonar"; es wird also hier zwar des Mordbrandes nicht gedacht, aber Hersteins Vater und Frau ebenso wie bei
Ari genannt. Man wird sich daran erinnern dürfen, dass gerade diese
Sage Ari's Schriften nachweisbar benützt hat; zweimal wird sein Name
in derselben citirt, cap. 4, S. 8, und cap. 78, S. 330—2, und zwar
beidemale in Bezug auf Angaben, die nur in der uns verlorenen ersten
Recension seiner Íslendíngabók gestanden haben können. Weiterhin
muss aber auch diejenige Redaction der Landnáma sich an Ari ange-
schlossen haben, welche wir als die Melabók zu bezeichnen pflegen.
Bekanntlich liegt uns in zwei Papierhss. eine eigenthümliche Bearbeitung
dieser Quelle vor, welche, in Jón Sigurðsson's Ausgabe mit E. bezeichnet,
theils aus der Hauksbók (C. in jener Ausgabe), theils aus der im engeren
Sinne sogenannten Landnáma (B), theils endlich aus einem dritten Texte
compilirt ist, von welchem man erst vor nicht allzulanger Zeit ein im
15. Jahrhunderte geschriebenes Membranfragment entdeckt hat (E, c);
man bezeichnet seitdem dieses Fragment, oder vielmehr den im Uebrigen
verlorenen Codex, zu dem dasselbe gehörte, als die ältere, den Text
jener beiden Papierhss. aber als die jüngere Melabók, weil die bezeich-
nendste Eigenthümlichkeit beider darinn besteht, dass den Geschlechts-
registern eines gewissen Markús þórðarson á Melum und der Helga

Ketilsdóttir, der Frau seines Sohnes Snorri, eine ganz besondere Aufmerksamkeit gewidmet wird[1]). Die ältere der beiden Hss. der jüngeren Melabók ist von sèra Þórðr Jónsson geschrieben, welcher in den Jahren 1634—70. Pfarrer im Hitardal war, und da dieselbe des Arngrímr lærði Crymogæa bereits benützt zeigt, welche doch erst im Jahre 1609. erschien, mag deren Text wohl von demselben Manne compilirt worden sein. Das vereinzelte, von der älteren Melabók erhaltene Bruchstück enthält leider keine für meine gegenwärtige Untersuchung zu benützende Stelle; bei der eigenthümlichen Beschaffenheit der jüngeren Melabók aber wird zwar daraus, dass dieselbe etwa in einzelnen Einträgen mit der eigentlichen Landnáma, oder der Hauksbók, oder beiden übereinstimmt, noch keineswegs geschlossen werden dürfen, dass auch die ältere Melabók bereits denselben Weg gegangen sei, wohl aber ist umgekehrt mit aller Bestimmtheit anzunemen, dass für Einträge in derselben, welche weder aus unserer Landnáma noch aus unserer Hauksbók entlehnt sind, eben jene ältere Melabók als Quelle gedient habe. Nun heisst es, Landnáma, II, cap. 2, S. 67—8, ziemlich übereinstimmend in der Hauksbók und in der eigentlichen Landnáma: „Örnólfr hèt maðr, er nam Örnólfsdal ok Kjarradal fyrir norðan upp til Hvítbjarga; Ketill blundr keypti land at Örnólfi, allt fyrir norðan Klif, ok bjó í Örnólfsdal; Örnólfr gerði þá bú upp í Kjarradal, þar er nú heita Örnólfsstaðir. Fyrir ofan Klif heitir Kjarradalr, þvíat þar voru hrískjörr ok smáskógar, milli Kjarrár ok þverár, svá at þar mátti eigi byggja. Blundketill var maðr stórauðigr; hann lèt ryðja víða í skógum ok byggja“. Dem gegenüber liest aber die jüngere Melabók, S. 67, Anm. 10, unter Berufung auf die Landnáma, unter welcher doch nach dem Obigen hier wie öfter nur die æltere Melabók verstanden werden kann: „Arnólfr hèt maðr, er nam Norðtúngu alla á milli Kjarár ok þverár, ok bjó í Örnólfsdal; hans son var Blundketill, faðir Þorkels, er Hænsna-Þórir brendi inni. Þaðan af gjörðist deild þeirra Þórðar gellis ok Túngu-Odds. En Hauksbók hefir svo“, worauf dann der oben schon mitgetheilte Text mit wenigen, völlig irrelevanten Varianten folgt. Man sieht, die ältere Melabók hatte hier einen mit der Íslendingabók völlig übereinstimmenden Bericht, und sie

---

1) Näheres über diese Recension siehe in meinen Quellenzeugnissen, S. 17—25, u. S. 59—61.

vervollständigt sogar die Angaben dieser letzteren, indem sie uns den Vater Blundketils nennt, welchen Ari anzugeben unterliess; dagegen weichen die beiden anderen Recensionen der Landnáma nicht nur darinn von dieser Version ab, dass sie des Mordbrandes an dieser Stelle überhaupt nicht gedenken, sondern auch insoferne, als sie das Haus Blundketils mit Örnólf in gar keine verwandtschaftliche Beziehung bringen, vielmehr jenes erstere nur durch einen Landkauf in den Besitz des ursprünglich diesem letzteren gehörigen und nach ihm benannten Hofes gelangen lassen. Die Differenz wird aber noch bedeutsamer, wenn wir beachten, dass an einer anderen Stelle, nämlich Landnáma, I, cap. 20, S. 60, die Genealogie der Vorfahren Blundketils in ganz anderer Weise angegeben wird, und zwar in einer Weise, welche mit den Angaben der Hænsaþóris s. sich nahe berührt. Ich werde unten noch auf diesen Punkt des Näheren zurückzukommen haben, und bemerke einstweilen nur, dass die jüngere Melabók zwar an dieser letzteren Stelle mit der eigentlichen Landnáma im Wesentlichen stimmt, während doch einzelne Abweichungen zeigen, dass sie hier schwerlich aus dieser geschöpft haben kann, dass aber die Hauksbók gerade an dieser Stelle eine sehr umfangreiche Lacune hat (vgl. S. 55, Anm. 1), sodass die jüngere Melabók recht wohl ihre Angaben aus dieser geschöpft, und dafür einen abweichenden Eintrag der älteren Melabók weggelassen haben mag; einen Widerspruch dieser letzteren mit ihren eigenen, zuvor angeführten Angaben sind wir demnach in keiner Weise genöthigt anzunemen. Aber wie an dieser Stelle, so tritt auch noch an ein paar anderen Stellen die eigentliche Landnáma und die Hauksbók in Widerspruch mit den Angaben Ari's und auf die Seite unserer Sage. In Landnáma, I, cap. 20, S. 61. wird þorvaldr Túngu-Oddsson als derjenige bezeichnet, „er réð brennu Blundketils", und in Landnáma, II, cap. 2, S. 68—9. Arngrímr goði als Einer, „er var at Blundketilsbrennu", und wenn zwar die erstere Stelle für die Hauksbók in Folge der bereits erwähnten Lacune sich nicht nachweisen lässt, so ist doch die zweite auch in ihr zu finden; beide Stellen lassen aber an Blundketil, nicht an dessen Sohn þorkel den Mordbrand begehen, stimmen also zu unserer Sage, im Widerspruche mit der Íslendíngabók. Freilich folgt beidemale auch die jüngere Melabók derselben Spur; aber auch hier mag diese Uebereinstimmung ja recht wohl wider lediglich darauf beruhen dass der im 17. Jahrhundert arbeitende Compilator den Text dieser beiden Recensionen dem der älteren Melabók vorzog, ohne den Widerspruch zu bemerken, in welchen er dadurch mit seinen eigenen anderwärts eingestellten Angaben gerieth. Die erstere Stelle der Landnáma hat sodann wider die Bárðar s. Snæfellsáss, cap. 10, S. 22. ausgeschrieben. Allerdings steht in Guðbrandr Vigfússon's Ausgabe derselben „þorvaldr, er átti Jófríði" statt þóroddr, aber doch wohl nur in Folge eines Schreib- oder Druckfehlers, wie denn auch in Björn Markússon's Ausgabe, S. 172, der richtige Name sich findet; allerdings ist ferner unter Túngu-Odds Töchtern Jófríðr, des þorfinnr Selþórisson Frau, ausgelassen, und dafür Húngerðr, des Svertíngr Hafrbjarnarson Frau, eingestellt, welche nach der Landnáma nicht Túngu-Odds, sondern seines Sohnes þórodds Tochter war, — aber es ergiebt sich nicht nur aus den übereinstimmenden Angaben der Landnáma, II, cap. 5, S. 78, und IV, cap. 12, S. 272, der Hænsaþóris s., cap. 1, S. 122, der Gunnlaugs s. ormstúngu, cap. 2, S. 192, und cap. 11, S. 248, endlich der Bischofsgenealogieen in den Íslendínga sögur, I, S. 360, dass der Bericht der Landnáma nach beiden Seiten hin vollkommen richtig ist, sondern es erklärt sich auch aus dessen Wortfassung leicht, wie sich bei flüchtigem Excerpiren in der Bárðar s., die auch sonst diese Quelle sehr fleissig ausgeschrieben hat, der Fehler bilden konnte. Endlich haben auch die isländischen Annalen zum Jahre 962. den Eintrag „Blundketilsbrenna", und auch sie betrachten somit den Blundketil selbst, nicht dessen Sohn, als das Opfer des Mordbrandes; aber da keine unserer Annalenhss. über den Anfang des 14. Jahrhunderts hinaufreicht, mag es ja recht wohl sein, dass dieser ihr Eintrag durch die Hauksbók, oder durch die eigentliche Landnáma, oder doch durch deren eigene Quellen bestimmt worden sei.

Wie sollen wir uns nun diese Widersprüche in unseren Quellen erklären? Erinnern wir uns, dass die erste Grundlage der Landnáma von Ari hinn fróði selber herrührt, und dass, wenn wir von Kolskeggr, der wesentlich nur das Ostland, und vom Prior Brandr, welcher wesentlich nur die Gegend am Breiðifjörðr behandelte, hier absehen wollen, dann eine Ueberarbeitung durch den Augustinerprior Styrmir Kárason († 1245) einerseits und durch den Lögmann Sturla þórðarson († 1284) andererseits folgte, aus welchen beiden Ueberarbeitungen dann erst die Hauksbók compilirt wurde, und erwägen wir überdiess, dass die ältere Melabók auf ein Original zurückzuführen ist, welches aller Wahrscheinlichkeit nach von dem Lögmanne Snorri Markússon († 1313) verfasst wurde, und welches nachweisbar mehrfach Einträge aufbewahrt hatte, welche aus Ari's ursprünglichem Werke genommen, von den beiden anderen uns erhaltenen Recensionen der Landnáma aber ausgeschlossen worden waren, so ist die Vermuthung doch wohl nicht allzu gewagt, dass jener mit unserer Íslendíngabók übereinstimmende und sie in einem Nebenpunkte sogar ergänzende Eintrag der Melabók auf den Verfasser jener ersteren, also auf die ältere Recension der Íslendíngabók Ari's zurückzuführen sei, während in den zwei anderen Recensionen der Landnáma spätere Aenderungen jenes ursprünglichen Textes zu suchen seien. In der That zeigt sich denn auch wenigstens an einer vereinzelten Stelle dieser letzteren noch eine Spur jener älteren Textesgestaltung, wie sie bei Ari zu finden gewesen sein muss. In Landnáma, II, cap. 19. S. 116. liest sowohl die eigentliche Landnáma als auch die jüngere Melabók: „þórunn var önnur dóttir Gunnars, er Hersteinn Blundketilsson átti"; die Hauksbók, welche hier wider eine Lücke hat, wird kaum anders gelesen haben, da sie nach S. 119, Anm. 8. zu schliessen den Compilatoren der jüngeren Melabók und anderer harmonischer Hss. noch vollständig zu Gebote gestanden zu sein scheint. Der Name þórunn ist also für Gunnars Tochter hier stehen geblieben, wie man ihn bei Ari gefunden hatte, während die Hænsaþóris s. dafür den Namen þuríðr giebt; dagegen ist dieser letzteren folgend Hersteinn zum Sohne Blundketils statt zum Sohne þorkels gemacht, während doch die oben angeführte Stelle der Laxdæla, welche dieselbe Angabe Ari's ausgeschrieben hat, noch vollkommen richtig „Hersteinn, son þorkels Blundketilssonar" gefunden und abgeschrieben zeigt. Absichtlich oder aus Versehen hat sich demnach hier der Ueberarbeiter Ari's damit begnügt, den einen Theil seiner Angaben auf Grund anderweitiger Quellen zu corrigiren, während er den anderen unberührt liess. Da die Landnáma, so wie sie uns vorliegt, ganz unzweifelhaft eine Reihe von Specialsagen benützt zeigt, deren doch noch keine zu Ari's Zeiten aufgezeichnet gewesen sein konnte, so liegt auch die weitere Vermuthung nahe genug, dass gerade unsere Hænsaþóris s. es gewesen sein möge, aus welcher jene Umgestaltungen des ursprünglichen Textes der Landnáma geflossen seien; für die Richtigkeit dieser Vermuthung lässt sich aber noch ein weiterer, an und für sich freilich sehr geringfügiger Umstand geltend machen. Die sämmtlichen Hss. unserer Hænsaþóris s., cap. 12, S. 167, lassen die Ladung der Mordbrenner, ehe die Sache an das Allding gebracht wird, auf das þórsnessþíng lauten, während doch deren eigene, sehr detaillirte Localangaben zeigen, dass nicht dieses, sondern nur das þíngnessþíng gemeint sein konnte, welches die Íslendíngabók denn auch richtig nennt, und zwar unter ausdrücklicher Anführung einer älteren Rechtsvorschrift, welche die Competenz dieses Gerichtes für diese Angelegenheit mit Ausschluss jedes anderen begründete. Nun hat aber die eigentliche Landnáma an einer Stelle, welche mit cap. 13, S. 169. unserer Sage und cap. 5, S. 8. der Íslendíngabók übereinstimmend den þórólf ref als im Kampfe an jenem Dinge gefallen erwähnt, nämlich in Landnáma, II, cap. 18, S. 115, dieselbe verkehrte Lesart „á þórsnesþíngi“. Freilich ist die Hauksbók hier defect, und wenn die jüngere Melabók sowohl als mehrere andere harmonische Texte richtig das þíngnessþíng nennen, bleibt somit allerdings die Möglichkeit, dass sie dabei aus jener, zu ihrer Zeit noch weniger verstümmelten Hs. schöpften; aber möge diess nun der Fall gewesen sein oder nicht, immerhin bleibt die für meine Beweisführung wichtige Thatsache unerschüttert, dass wenigstens die eigentliche Landnáma mit der Hænsaþóris s. in einer Angabe übereinstimmt, welche nicht nur an und für sich falsch ist, sondern auch in dieser letzteren Quelle ganz unzweifelhaft nur auf einem Schreibfehler in der unseren sämmtlichen Papierhss. gemeinsam zu Grunde liegenden Urhandschrift beruht. Die sehr auffälligen Anklänge an die Íslendíngabók, welche die betreffende Stelle der Landnáma zeigt, lässt dabei erkennen, dass dieselbe im Ganzen bereits in Ari's erster Recension gestanden haben muss, und dass somit der Ueberarbeiter, welchem wir die eigentliche Landnáma verdanken, sich darauf beschränkt haben muss, auf Grund unserer Sage den Namen des þórsnessþínges in dieselbe einzuschalten, während ursprünglich der Name der Dingstätte an der betreffenden Stelle ungenannt geblieben sein mochte.

Für die Erklärung der auffallenden Widersprüche, welche zwischen

der eigentlichen Landnáma und der Hauksbók sammt den ihnen folgenden
Quellen einerseits und den Angaben Ari's und der an ihn sich anschlies-
senden Quellen andererseits bestehen, ist damit der Weg gewiesen, und
zugleich für die Entstehungsgeschichte unserer Hænsaþóris s. soviel gewonnen, dass dieselbe, weil bei der Herstellung unserer eigentlichen
Landnáma benützt, die wir doch auf Styrmir oder Sturla zurückzuführen
haben, jedenfalls um die Mitte, oder doch vor dem Ende des 13. Jahrhunderts bereits aufgezeichnet gewesen sein musste. Aber alle Schwierigkeiten sind damit noch keineswegs geebnet, und zwar ist es zunächst
wider die Vergleichung mit weiteren Angaben anderer Quellen, welche
mancherlei Zweifel anregt. — Unsere Sage beginnt mit dem Geschlechts-
register Túngu-Odds; aber bezüglich eines seiner Vorfahren steht sie im
Widerspruche mit anderen Quellen, indem sie sagt: „Oddr hèt maðr,
Önundar son breiðskeggs, Úlfarssonar, Úlfssonar á Fitjum, Skeggjasonar,
þórissonar hlammanda", während es in der Landnáma, I, cap. 20, S. 60
heisst: „Önundr breiðskeggr var son Úlfars, Úlfssonar Fitjumskeggja,
þórissonar hlammanda", und in der Bárðar s. Snæfellsáss, cap. 10,
S. 19: „Önundr hèt maðr ok kallaðr breiðskeggr, hann var Úlfarsson,
Úlfssonar af Fitjum, þórissonar hlammanda". In diesem Falle erklärt
sich die Abweichung allerdings leicht; sie beruht augenscheinlich auf
falscher Lesung oder willkürlicher Emendirung eines älteren Originales
sei es nun durch den Schreiber unseres Textes der Hænsaþóris s. oder
durch den Compilator unserer Landnáma, aus welcher letzteren wider
die Bárðar s. geschöpft hat. Berücksichtigt man nun, dass die jüngere
Melabók, S. 60, Anm. 6, die Ascendenz Önunds ganz anders angiebt,
und zwar unter Berufung auf eine „Landnáma", die doch weder unsere
eigentliche Landnáma sein kann noch auch die, jetzt hier defecte, Hauksbók, da sie aus dieser unmittelbar folgend jenen anderen, mit unserer
Landnáma wesentlich conformen Text bringt, so wird man wohl vermuthen dürfen, dass auch hier wider die ältere Melabók den ursprünglichen Text Ari's bewahrt haben werde, welchen die beiden anderen
Recensionen auf Grund unserer Sage emendirten. — Widerum erzählt
zwar unsere Sage mit der Landnáma, II, cap. 2, S. 68—9. übereinstimmend, dass der Häuptling Arngrímr ein Sohn des Helgi, eines Sohnes
des Högni gewesen sei, der mit Hrómundr þórisson eingewandert sei;

aber nach der Landnáma hätte bereits Helgi Högnason zu Helgavatn
gewohnt, und somit doch 'wohl auch dem See seinen Namen gegeben,
während unsere Sage den Hænsaþórir den Hof kaufen lässt, „er at Vatni
heitir“, und wissen will, dass dieser erst hinterher von dem Pflegesohne
þóris, dem jungen Helgi Arngrímsson, den Namen Helgavatn erhalten
habe. Verschiedene Localsagen mochten über den Ursprung des See-
namens umgelaufen sein; da aber die Landnáma gerade an dieser Stelle
sich aus unserer Sage interpolirt zeigt, könnte man allenfalls annemen,
dass ihre von der Hænsaþóris s. abweichende Angabe bereits in Ari's
Text enthalten gewesen sei. Die jüngere Melabók nennt hier statt Arngríms Namen den Namen Ásgrímr; vielleicht ist diess nur ein Schreibfehler, vielleicht aber auch aus der älteren Melabók und indirect aus
der älteren Íslendíngabók entnommen, und wäre letzterenfalls anzunemen,
dass erst unsere Sage die späteren Ueberarbeiter der Landnáma verführt
hätte, mittelst einer leichten Namensänderung für die Einschaltung der
aus dieser geschöpften Angaben Raum zu schaffen. — Einige weitere
Schwierigkeiten beziehen sich auf die Person des Torfi Valbrandsson.
In cap. 1, S. 122. unserer Sage heisst es von ihm: „Torfi hèt maðr,
ok var Valbrandsson, Valþjófssonar, Örlygssonar frá Esjubergi; hann
átti þuríði Túngu-Oddsdóttur; þau bjuggu á öðrum Breiðabólstað“. Dass
des Mannes Urgrossvater in einigen Abschriften der Sage statt Örlygr
Andríðr heisst, was offenbar nur einer ungeschickten Reminiscenz aus
der Kjalnesínga s. zu verdanken ist, und durch die in Mitte liegenden
Namensformen anderer Hss.: Aurligr, Auðstygr oder Auðstígr, endlich
Andstygr sich leicht erklärt, hat freilich Nichts auf sich; aber schon
bedenklicher ist, dass die Landnáma, I, cap. 20, S. 60—61, und ihr
folgend die Bárðar s. Snæfellsáss, cap. 10, S. 19, statt der þuríðr Túngu-
Oddsdóttir dem Manne Túngu-Odds Schwester þórodda zur Frau gibt,
wogegen nach diesen beiden Quellen Svarthöfði die þuríð Túngu-Odds-
dóttir zur Ehe hatte, was auch durch Landnáma, I. cap. 19, S. 59, und
II, cap. 6, S. 79. bestätigt wird. Die Gunnlaugs s. ormstúngu, cap. 11,
S. 248. macht hinwiderum Túngu-Odds Schwester þórodda zur Mutter
statt zur Frau des Torfi; es liegt nahe, an dieser letzteren Stelle die
Uebereinstimmung mit der Landnáma durch eine Conjectur herzustellen,
während sich die Abweichung unserer Sage von dieser nicht in der

gleichen Weise beseitigen lässt, und bleibt wohl kaum etwas Anderes
übrig als die Anname einer Ungenauigkeit, die doch wohl nur auf Seite
unserer Sage zu suchen sein möchte. Weiterhin wissen wir aus der
angeführten Stelle der Landnáma, dass auf dem noch jetzt bestehenden
Hofe zu Breiðabólstaðr bereits Önundr, Túngu-Odds Vater, gewohnt
hatte, und dass die Hälfte dieses Hofes dann dem Torfi als Mitgift
seiner Frau zufiel; die Hauksbók und die jüngere Melabók wollen an
einer anderen Stelle, nämlich I, cap. 13, S. 46, Anm. 9, sogar wissen,
dass Torfi und sein Vater mit Túngu-Odd in Compagnie getreten, und
so neben ihm auf den Hof zu wohnen gekommen seien. Unsere Sage
scheint den Sachverhalt etwas anders darzustellen, indem sie von einem
doppelten Hofe gleichen Namens spricht, deren einen Torfi und deren
anderen Túngu-Oddr bewohnt habe; indessen zeigen die Worte der
Bárðar s., ang. O.: „henni fylgði heiman hálfr Breiðabólstaðr, ok voru
gjörfir ór 2. bæjir", dass die Angabe unserer Sage in diesem Falle
richtig ist, wie denn in der That bis in die neueste Zeit herab zwei
Höfe jenes Namens unterschieden wurden, deren einer, Litli Breiðabólstaðr,
freilich mit der Zeit zu einer blosen Kote herabsank, obwohl er ursprünglich der Haupthof gewesen war, und schliesslich völlig eingieng[1]).
Im höchsten Grade auffällig bleibt aber, dass Torfi überhaupt hier genannt wird, während er doch hinterher im ganzen Verlaufe der Sage
nur noch ein einziges Mal, und da nur ganz beiläufig und ohne alle
innere Nothwendigkeit genannt wird (nämlich in cap. 17, S. 182). Es
ist sonst in den Sagen nicht der Brauch, in ihrem Eingange Leute auf-
zuführen, die dann hinterher in ihrem weiteren Verlaufe keine Rolle zu
spielen berufen sind, und fast noch wunderlicher ist, dass ein Mann aus
einem so angesehenen Hause wie Torfi, der Besitzer eines Godordes[2])
und ein höchst streitbarer Held, wie er diess im Kampfe mit den Räubern
des Surtshellir, mit den Kroppsmenn und mit den Hólmverjar bewährte[3]),

---

1) vgl. Jón Johnsen, Jarðatal á Islandi, S. 115, Anm 1.

2) Hólmverja s., cap. 2, S. 5—6, und cap. 20, S. 63.

3) vgl. Landnáma, I, cap. 20, S. 61; Bárðar s. Snæfellsáss, cap. 10, S. 19; Hólmverja
s., cap. 33—35, S. 97—105; dann vgl. noch wegen der Hellismenn Landnáma, II, cap. 1,
S. 66—7, und Hólmverja s., cap. 32, S. 96.

mochte er im Uebrigen der Schwager oder der Schwiegersohn Túngu-
Odds gewesen sein, in den Verwicklungen, über welche unsere Sage
berichtet, so gar keine hervorragende Rolle gespielt haben sollte. Man
möchte vermuthen, dass entweder in der Sage Etwas fehle, oder dass
umgekehrt die auf Torfi bezüglichen Notizen in deren Eingang erst
hinterher aus der Landnáma entlehnt und in dieselbe eingeschaltet worden
seien. Das letztere Verfahren ist bekanntlich in der isländischen Sagenlitteratur ein ganz gebraüchliches, und da die einzige Notiz, die der
Landnáma, wie sie uns vorliegt, fremd ist, nämlich die Nachricht über
die Zerlegung des Hofes zu Breiðabólstaðr in zwei Höfe, in die Bárðar
s., wie deren Zusammenhang zeigt, doch auch nur aus irgend einer uns
verlorenen Recension dieser Quelle gekommen sein kann, möchte sich
die letztere Annahme allenfalls als die wahrscheinlichere empfehlen. —
Einer besonderen Prüfung bedürfen endlich noch die Angaben über
Blundketils Vorfahren. Unsere Sage fasst sich in Bezug auf diese
ganz ungewöhnlich kurz. „Blundketill hèt maðr, son Geirs hins auðga
ór Geirshlíð, Ketilssonar blunds, er Blundsvatn er við kennt; hann bjó
í Örnólfsdal; þat var nökkuru ofar en nú stendr bærinn; var þar mart
bæja upp í frá“, — das ist Alles, was wir in dieser Richtung zu hören
bekommen. Ungleich mehr weiss die Eigla, cap. 39, S. 76, zu erzählen.
Nach ihr war Ketill blundr ein norwegischer Mann, der mit seinem
bereits erwachsenen Sohne Geirr zu Anfang des 10. Jahrhunderts nach
Island kam, um sich hier niderzulassen; Guðbrandr Vigfússon hat, im
Safn til sögu Íslands, I, S. 322, für dessen Ankunft das Jahr 912. be-
rechnet. Den ersten Winter über behielt der alte Skallagrímr Beide
zu Gast, und damals heirathete Geirr dessen Tochter þórunn; im folgenden Jahre aber gab Skallagrímr Beiden Land zwischen der unteren
Flókadalsá und Reykjadalsá, sammt einem guten Theile des Flókadalr,
und hier wohnten Beide fortan. Geirr, der auch hier den Namen „hinn
auðgi“ führt, wohnte zu Geirshlíð, welcher heutzutage noch bestehende
Hof offenbar nach ihm benannt ist; seine Söhne waren Blundketill und
þorgeirr blundr, dann þóroddr Hrísa-blundr, welcher zuerst „í Hrísum“
wohnte. Bemerkenswerth ist dabei, dass die Sage später, cap. 87,
S. 221, den þorgeir blund „fyrir sunnan Hvítá fyrir neðan Blundsvatn“
gesessen weiss, bis ihm sein Mutterbruder Egill Skallagrímsson, oder

vielmehr auf dessen Zureden dessen Sohn þorsteinn, den bei Borg ge-
legenen Hof zu Ánabrekka einraümt, den er aber durch ungeeignetes
Benemen gegen þorstein bald wider verwirkt, worauf er in den Flókadal
zurückzukehren sich genöthigt sieht, cap. 88, S. 224—5. Durch ein
paar Strophen, welche der alte Egill bei dieser Gelegenheit spricht, ist
für þorgeir der Beiname blundr, und die Eigenschaft eines Sohnes Geirs
bezeugt; ob aber das Blundsvatn von Ketill blundr, oder erst von dessen Enkel þorgeir seinen Namen hatte, darüber spricht sich die Eigla
nicht aus, wiewohl sie das Letztere näher zu legen scheinen möchte.
Vielfach wörtlich dieselben Angaben bringt sodann die Landnáma, I,
cap. 20, S. 60, jedoch mit einigen nicht unerheblichen Abweichungen;
einmal nämlich führt sie ausdrücklich den Namen Blundsvatn auf Ketil
blund zurück, sodann aber giebt sie die Nachkommenschaft Geirs etwas
anders an als die Eigla: Blundketil zwar und þorgeirr blundr werden
auch hier als dessen Söhne genannt, aber neben ihnen tritt als dritter
Bruder Svartkell á Eyri ein, sowie als Tochter Bergdís, die Frau des
Gnúpr Flókason í Hrísum, und zwar diese mit dem Beisatze „þeirrar
ættar var þóroddr hrísablundr“. Man sieht deutlich, dass die Landnáma
hier die Eigla ausgeschrieben hat; man sieht aber auch, dass neben
dieser noch eine andere Quelle von ihr benützt wurde, welche ihre selbstständigen, und z. Th. sogar von denen der Eigla abweichenden Angaben
hatte, und man wird kaum fehlgehen, wenn man in dieser anderen
Quelle den ursprünglichen Text Ari's sucht, welcher nur hier in den
späteren Recensionen der Landnáma aus der Eigla interpolirt und emen-
dirt wurde wie sonst aus der Hænsaþóris saga. Eine an und für sich
freilich sehr unbedeutende Notiz der jüngeren Melabók über Geirs Land-
name, welche unserem Texte der eigentlichen Landnáma ebenso wie der
Eigla fremd ist, könnte als ein weiterer Ueberrest jener ältesten Fassung
gedeutet werden. Weit erheblicher als das bisher Bemerkte ist aber
der andere Umstand, dass die Hænsaþóris s. von keinen Geschwistern
Blundketils weiss, von denen doch die Eigla sowohl als die Landnáma
Kenntniss hat, und die letztere noch überdiess aus einer der Eigla gegenüber selbstständigen Quelle. Ein zufälliges kann das Schweigen
unserer Sage in diesem Falle nicht sein, vielmehr muss dasselbe ganz
entschieden darauf zurückgeführt werden, dass deren Verfasser an das

Nichtvorhandensein näherer Seitenverwandter des Mannes glaubte; als es sich um die Verfolgung des Mordbrandes handelte, der an diesem begangen worden war, lässt die Sage nämlich dessen Sohn Herstein lediglich auf fremde Hülfe angewiesen sein, während doch, wenn ihm Brüder und Neffen im nahen Flókadalr lebten, diese unmöglich bei der Durchführung der Blutklage unbetheiligt bleiben konnten. Nicht minder auffällig ist ferner, dass unsere Sage zwar die Ortsnamen Geirshlíð und Blundsvatn ebensogut nennt wie die Eigla oder die Landnáma, und sogar ganz wie diese letztere erzählt, dass Ketill blundr dem See seinen Namen gegeben habe, dass sie aber in keiner Weise erklärt, wie Blundketill in den Örnólfsdal zu wohnen gekommen sei, der durch die Hvítá vom Flókadal getrennt ist, welchem jene beiden Oertlichkeiten angehören, und in welchem auch die übrige Nachkommenschaft Ketil blunds nach jenen anderen beiden Quellen wohnhaft blieb. Die Landnáma hilft hier aus, soferne sie an einer oben schon mitgetheilten Stelle, nämlich II, cap. 2, S. 67—8, erzählt, wie zunächst Örnólfr den Örnólfsdal und Kjarradal in Besitz genommen habe, und wie dann Ketill blundr von ihm einen Theil seines Landes kaufte, worauf Jener weiter oben im Kjarradal, zu Örnólfsstaðir, sich angesiedelt, Ketill aber den Hof im Örnólfsdal übernommen habe. Aber augenscheinlich ist diese ganze Erzählung in die Landnáma erst auf Grund unserer Sage hineingekommen. Sichtlich lag ihren Ueberarbeitern ein Text vor, welcher dem der älteren Melabók sehr änlich war, ohne doch völlig mit demselben zusammenzufallen, und diese ihre Vorlage haben dieselben sodann nur sehr flüchtig interpolirt, wobei sie sich sogar einer sehr auffälligen Verwechslung Ketil blunds mit seinem Enkel Blundketil schuldig machten [1]). Man wird demnach wohl annemen dürfen, dass dieser Landkauf Ketil blunds

---

1) Ich schreibe die Stelle hier nochmals aus, indem ich diejenigen Stellen cursiv gebe, welche mir interpolirt scheinen: „Örnólfr hèt maðr, er nam Örnólfsdal ok Kjarradal fyrir norðan upp til Hvítbjarga; *Ketill blundr keypti land at Örnólfi allt fyrir norðan Klif*, ok bjó í Örnólfsdal; *Örnólfr gerði þá bú upp í Kjarradal, þar er nú heita Örnólfsstaðir.* Fyrir ofan Klif heitir Kjarradalr, þvíat þar voru hriskjörr ok smáskógar, milli Kjarrár ok þverár, svá at þar mátti eigi byggja. Blundketill var maðr stórauðigr; hann lèt ryðja víða í skógum ok byggja". An der Stelle der zweiten Interpolation müssen die in der Melabók erhaltenen Worte: „hans son var Blundketill", u. s. w., ursprünglich gestanden haben.

von den Bearbeitern der Landnáma nur erfunden worden sei, um die
aus der Eigla und wider aus Ari's Text geschöpften Angaben über diesen
mit denen der Hænsaþóris s. über Blundketil in Verbindung bringen
zu können; da nämlich der Name Örnólfsdalr offenbar einen ersten An-
siedler des Namens Örnólfr voraussetzt, und überdiess unsere Sage selbst
in ihrem weiteren Verlaufe einen Bauern dieses Namens nennt, lag jene
Erfindung nahe genug, um nicht grossen Aufwand an Scharfsinn beanspruchen zu müssen. Aber noch eine weitere und sehr erhebliche
Schwierigkeit erhebt sich. Nach der Eigla und Landnáma hatte Geirr
hinn auðgi eine Tochter des alten Skallagrímr zur Frau, und Blundketill
war demnach ein Neffe des streitbaren Dichters Egill Skallagrímsson,
der nach seines Vaters Tod († um 934) das Godord desselben übernommen hatte, und dieses bis in sein hohes Alter hinein führte, um
es erst in weit späterer Zeit (um 980. etwa) seinem Sohne þorstein zu
übergeben. Wie soll mañ es sich nun erklären, dass dieses stets kampf-
bereite Haupt der mächtigen Familie der Mýramenn bei allen den Zer-
würfnissen, welche sich an den Tod Blundketils knüpften, nicht ein
einziges Mal von unserer Sage genannt wird? Ist es denkbar, dass er
sich um die Verfolgung des Mordbrandes, der an seinem Schwestersohne
begangen worden war, gar nicht bekümmerte, vielmehr die Unterstützung
des Sohnes des Getödteten lediglich Haüptlingen überliess, die diesem
völlig unverwandt, und wie þorkell trefill kaum näher, oder gar wie
þórðr gellir oder Gunnarr Hlífarson ungleich entfernter gesessen waren
als er selber[1])? Ich finde aus allen diesen Schwierigkeiten nur einen
einzigen Ausweg; er besteht in der Anname, dass der Blundketill, welcher
im Örnólfsdale wohnte, eine ganz andere Person war als jener im Flókadale
wohnhafte Mann gleichen Namens, und dass beide lediglich aus Mis-
verstand in unserer Sage wie in der durch diese beeinflussten Landnáma
zusammengeworfen wurden. Dass der alte Ari beide Männer noch wohl
unterschieden, und ganz von einander getrennt gehalten hatte, ist kaum

---

1) Auf diese Schwierigkeit hat bereits Guðbrandr Vigfússon, im Safn til sögu Íslands, I,
   S. 323, richtig hingewiesen, sowie auch auf die Schwierigkeit, welche Blundketils Alter
   macht, wenn derselbc ein Enkel des Skallagrímr sein sollte; auf die Lösung des Räthsels
   ist er aber nicht verfallen.

zu bezweifeln. Auf der einen Seite war bei ihm von Ketill blundr die
Rede gewesen, von welchem das Blundsvatn seinen Namen hat, von
dessen Sohn Geirr und von dessen Enkel Blundketill, Alles wesentlich
in derselben Weise wie in der Eigla, nur mit den in der Landnáma
uns noch erhaltenen Abweichungen in Bezug auf des letzteren Geschwister,
und jedenfalls ohne dass dabei eines späteren Umzuges in den Örnólfsdal
oder des Mordbrandes gedacht worden wäre, wozu doch Ari wie die
Eigla die dringendste Veranlassung gehabt hätten, wenn dieser Blundketill dahin übergesiedelt, und wenn er oder sein Sohn dort verbrannt
worden wäre. Auf der anderen Seite aber muss bei Ari des Arnólfr
oder Örnólfr bereits wesentlich in derselben Weise gedacht gewesen
sein wie in der Melabók, und nicht minder seines Sohnes Blundketill
sowie seines Enkels þorkell, wobei, widerum wie in der Melabók, auch
des an dem letzteren verübten Mordbrandes Erwähnung geschehen sein
musste; nur scheint die letztere Notiz in der älteren Íslendíngabók etwas
weitläufiger gehalten gewesen zu sein, als diess unsere, überhaupt gerne
kürzende, jüngere Melabók zu erkennen giebt, und mag die genauere
Begrenzung von Örnólfs Niderlassung, die Bemerkung über den Wald-
reichthum seines Landes, endlich die andere über Blundketils Anrodungen
bereits in ihr enthalten gewesen sein, wie in der Hauksbók und der
eigentlichen Landnáma, da beide insoweit aus der Hænsaþóris s. wohl
nicht geschöpft haben können. Das Widerkehren desselben Namens für
zwei verschiedene Personen aus zwei verschiedenen Geschlechtern darf
dabei nicht auffallen; es mochte ja Verschwägerung unter beiden Haüsern
bestehen, und diese den Namen übertragen haben, wie ja auch der Beiname des Grossvaters Ketill blundr auf dessen Enkel Blundketill und
þorgeirr blundr, und weiterhin auch noch auf þóroddr Hrísablundr über-
gieng, — oder es mochte der Beiname vielleicht auch ursprünglich
sagenhafter Bedeutung gewesen sein, und erst hinterher an Personen
aus bestimmten geschichtlichen Haüsern sich geknüpft haben. Die Eigla,
cap. 1, S. 2, erzählt von dem alten Kveldúlfr, Skallagríms Vater, dass
er „kveldsvæfr" war, d. h. Abends bei Zeiten einzuschlafen pflegte, und
dass ihm diess seinen Namen, „Abendwolf", eintrug. Sie bringt dabei
nicht undeutlich diese seine Gewohnheit mit seiner Abstammung von
Riesen und Unholden einerseits, und mit seiner eigenen gespenstigen

Natur und Stärke andererseits in Verbindung, und es mag ja wohl sein, dass ursprünglich der Gedanke an einen Werwolf im Spiele war, dessen Seele bei Nacht in thierischem Leibe umschweifen sollte, während der Leib in todänlichem Schlafe zu Hause lag. Blundr aber bezeichnet auch nur einen kurzen Schlaf, sodass die mit diesem Worte gebildeten Spitznamen recht wohl in gleicher Weise gedeutet werden können, und um so eher ganz verschiedenen Personen beigelegt werden mochten, als ja überhaupt eine gewisse, leicht erklärliche, Neigung sich nachweisen lässt, einmal aufgekommene Beinamen auf andere Träger zu vererben. Aus der völligen Geschiedenheit der beiden Blundketils erklärt sich aber, warum unsere Sage den Hersteinn lediglich auf fremde Hülfe verwiesen zeigt, als es gilt den Tod seines Vaters zu rächen; weder þorgeirr blundr, Svartkell á Eyri und þóroddr Hrísablundr, noch das mächtige Haüptlingsgeschlecht der Mýramenn hatten mit diesem Blundketil irgend Etwas zu schaffen. Ja es liesse sich sogar von hier aus das Fehlen jeder Nachricht darüber in unserer Sage erklären, wie Blundketill aus dem Flókadalr nach dem Örnólfsdal gekommen sei, wenn wir nur annemen dürften, dass die Anknüpfung des Mannes an Geir und Ketil blund in ihr nicht wurzelhaft sei. Wodurch die spätere Verschmelzung der beiden gleichnamigen Persönlichkeiten veranlasst, und wann dieselbe vorgenommen wurde, lässt sich kaum mit voller Sicherheit bestimmen; eine Vermuthung aber lässt sich auch in dieser Richtung immerhin wagen. Für wahrscheinlich möchte ich nämlich halten, dass der Hænsaþóris s. diese Verschmelzung ursprünglich noch fremd war, indem sich nur unter dieser Voraussetzung die Kürze erklärt, mit welcher deren uns vorliegender Text über Blundketils Vorfahren hinweggeht, und selbst über den Erwerb des Hofes im Örnólfsdalr jede Angabe unterlässt, sowie auch nur unter dieser Voraussetzung sich begreift, dass dieselbe von keinerlei näheren Seitenverwandten des Mannes Kenntniss hat; ich neme also an, dass dieselbe ursprünglich nur las: „Blundketill hèt maðr; hann bjó í Örnólfsdal“, wogegen die zwischen beiden Sätzen stehenden Worte „son Geirs hins auðga or Geirshlíð, Ketils sonar blunds, er Blundsvatn er við kennt“, welche allein das Zusammenwerfen beider gleichnamiger Männer bedingen, erst als eine spätere Interpolation aufzufassen wären. Einer der späteren Ueberarbeiter der Landnáma, welcher es unternam, aus der Hænsaþóris s. die einschlägigen Einträge in die Landnáma zu machen, und dadurch deren Text, wie er glaubte, zugleich zu bereichern und zu berichtigen, dürfte dann auch jene Vermischung des von den beiden Blundketils Berichteten verschuldet haben, denn, wenn zwar dieses Zusammenwerfen der beiden den gleichen Namen tragenden Männer mit dem Wechsel in der Person Desjenigen, der dem Mordbrande erlag, und den übrigen zwischen unserer Sage und der Islendíngabók bestehenden Abweichungen in keinerlei wesentlichem Zusammenhange steht, so ist doch immerhin wahrscheinlich, dass beiderlei Aenderungen des überkommenen Textes der Landnáma von derselben Hand herrühren werden, und einem Bearbeiter, der kritiklos genug war, um die unter sich vollkommen übereinstimmenden Berichte des ältesten und verlässigsten aller isländischen Geschichtschreiber zu Gunsten der breiteren, aber weit weniger sorgfältig erwogenen Erzählungen einer Sage von unbekannter Herkunft zu verwerfen, ist recht wohl auch jene weitere Kette von Veränderungen zuzutrauen, welche lediglich auf Grund einer blosen Namensübereinstimmung eine Combination der fremdartigsten Dinge sich erlaubten. Gerade diese vollendete Kritiklosigkeit, welche wir nach Allem was wir von dem Manne wissen, weit eher dem Styrmir Kárason, als dem Sturla þórðarson zutrauen dürfen, dann auch der weitere Umstand, dass jener Erstere jedenfalls einen guten Theil seines Lebens im Borgarfjörðr zubrachte, und nicht ohne gewichtige Gründe sogar mit der hier heimischen Familie der Gilsbekkíngar in genealogische Verbindung gebracht worden ist[1]), macht mich glauben, dass gerade er es war, auf welchen wir beiderlei Veränderungen zurückzuführen haben. Ihm wird demnach auch die Erfindung jenes Landkaufes zu verdanken sein, durch welchen unsere Landnáma den von ihr angenommenen Uebergang Ketil blunds (oder Blundketils?) aus dem Flókadalr in den Örnólfsdal zu motiviren sucht.

Hat durch das Bisherige die oben schon ausgesprochene Ueberzeugung, dass unsere Sage bereits vor der Mitte des 13. Jahrhunderts entstanden

---

1) Siehe die von Sveinbjörn Egilsson entworfene dritte genealogische Tafel in Bd. X der Scripta historica Islandorum, und S. XII—III. seiner Vorbemerkungen; ferner Jón Sigurðsson, im Safn til sögu Islands, II, S. 27—8.

sei, an weiterer Wahrscheinlichkeit gewonnen, so ist damit doch selbst-
verständlich die Prüfung der ganz anderen Frage keineswegs überflüssig
gemacht, ob denn diese Sage so wie sie uns vorliegt auch unverändert
jenes damals vorhandene Original sei, oder ob dieselbe nicht vielleicht
in ungleich späterer Zeit noch Umgestaltungen erlitten habe, und uns
nur in dieser ihrer veränderten und jüngeren Gestalt erhalten sei. Für
die letztere Alternative dürften schon von Vornherein gewichtige Er-
wägungen sprechen. Dass die handschriftliche Gewähr für die Sage
nicht über den aüssersten Schluss des 14. Jahrhunderts hinaufreiche,
ist oben bereits bemerkt worden; bei der bekannten Willkür, mit welcher
zumal im 14. Jahrhunderte bei der Widergabe älterer Quellen verfahren
wurde, und für welche die Vatnshyrna selbst, sowie die mit ihr in so
engen Beziehungen stehende Flateyjarbók die schlagendsten Belege bieten,
dürfte hiernach eine unveränderte Abschrift einer um nahezu zwei Jahrhunderte älteren Quelle aus jener Zeit kaum zu erwarten sein. Auch
lässt sich der weitere Umstand in gleicher Richtung geltend machen,
dass das oben besprochene der älteren Íslendíngabók entlehnte Einschiebsel
über die Ordnung der Bezirksverfassung auf Island in der unseren
sämmtlichen Papierabschriften gemeinsam zu Grunde liegenden Membrane
(doch wohl der Vatnshyrna) bereits vorhanden war; war aber diese in
dieser einen Hinsicht nachweisbar interpolirt, so wird es ihr doch wohl
auch an weiteren Veränderungen des ihr zu Grunde liegenden Originales
nicht gefehlt haben. Aber auch eine Reihe von inneren Gründen dürfte,
und zwar ungleich gewichtiger noch, für die gleiche Anname sprechen.
Es wurde bereits erwähnt, wie auffallend es sei, dass der mächtige Torfi
Valbrandsson zwar am Eingange unserer Sage als ein naher Angehöriger
Túngu-Odds eingeführt, später aber in ihr so gut wie gar nicht mehr
erwähnt wird; eine ältere Redaction der Sage wird wohl dem Manne
eine ungleich bedeutsamere Rolle zugetheilt, oder noch wahrscheinlicher
seiner gar keine Erwähnung gethan haben. Ebenso ist schon bemerkt
worden, dass die Hænsaþóris s. zwar ihren Blundketil als einen Sohn
des Geirr hinn auðgi und Enkel des Ketill blundr bezeichnet, und dabei
auch der Ortsnamen Geirshlíð und Blundsvatn gedenkt, aber dabei weder
über diese seine Vorfahren die sonst üblichen Mittheilungen macht, noch
von irgend welchen Geschwistern desselben weiss, noch endlich irgendwie

motivirt, wie derselbe aus dem Flókadalr, in dem sein Vater und Gross-
vater gewohnt hatten, in den Örnólfsdal herüber gekommen sei. Es
begreift sich, dass ein späterer Ueberarbeiter der Sage, der in der Landnáma Styrmir's die geschichtswidrige Verschmelzung der beiden Blund-
ketile bereits vollzogen vorfand, aus ihr die betreffenden Notizen in
deren Text einschalten konnte, indem er einfach wegliess, was er mit
diesem unvereinbar oder auch nur für seinen Geschmack zu weitläufig
fand; hätte aber der erste Verfasser der Sage bereits der gleichen Verwechslung sich schuldig gemacht, so hätte er unmöglich die Geschwister
seines Helden übersehen oder über dessen Domicilwechsel schweigen
können.   Aller Wahrscheinlichkeit nach hatte dieser seine Erzählung
einfach mit Blundketil selbst begonnen, weil er von dessen verwandt-
schaftlichen Verhältnissen Nichts zu sagen wusste; höchstens mochte er
noch über die frühere Besitzname des Thales durch Örnólf ein paar
Worte gesagt haben, den er indessen in keinem Falle, wie Ari diess
gethan zu haben scheint, zu Blundketils Vater gemacht haben kann, da
er ihn im weiteren Verlaufe seiner Erzählung in ganz anderer Weise
verwendet.   Auffälliger noch sind aber ein paar weitere Unebenheiten
in unserer Sage, die etwas einlässlichere Erörterung beanspruchen.

Gewicht möchte ich vor Allem auf die Unklarheit legen, mit welcher
die Verhandlungen zwischen þorvald Túngu-Oddsson und Blundketil in
cap. 8, S. 148—9, unserer Sage dargestellt sind, indem sie mir die
Hand eines sehr ungeschickten Ueberarbeiters zu verrathen scheint.
Nachdem þorvaldr die Frage gestellt hat, ob und wie Blundketill die
Wegname des Heues dem þórir gutzumachen gedenke, antwortet dieser
zunächst, dass er ihm selber überlassen wolle den Schadensersatz zu
bestimmen, und stellt ihm darüber hinaus noch weitere Geschenke in
Aussicht; hiemit aber ist þórir nicht zufrieden, und treibt den þorvald
zu schärferem Vorgehen an.   Da heisst es nun: „þá mælti þorvaldr:
hvat viltu þá gjöra fyrir lögmálsstaðinn? Blundketill mælti: eigi annat
en þú gjörir ok einn skapir slíkt er þú vilt. þá svarar þorvaldr: svo
lízt mèr sem eingi sè annarr á gjörr en at stefna. Hann stefnir þá
Blundkatli um rán", u. s. w.   So wie sie stehen, geben diese Worte
keinen genügenden Sinn; man merkt denselben an, dass der, der sie
schrieb, selber den Sinn seiner Vorlage nicht recht verstand, und zwar

ist es der seltene Ausdruck lögmálsstaðr, an welchem er strauchelte. Die Bedeutung dieses Ausdruckes lässt sich mit Sicherheit feststellen, obwohl derselbe meines Wissens nur noch an einer einzigen weiteren Stelle vorkommt, nämlich in der Staðarhólsbók, Kaupab., cap. 6, S. 402, wo gesagt wird: „Ef maðr kveðr fjár at eindaga, ok stefnir um, ok hittaz þeir á förnum vegi ok sá er gjalda skal, ok er rètt at hann taki þar við, ok versk gjaldandinn lögmálsstöðum, ef hann býðr þar". Die bisherigen Erklärungen des Wortes gehen weit auseinander. Munch übersetzt in unserer Sage: „hvad vil du da gjöre for Lovovertrædelsen?" (S. 14). þórðr Sveinbjörnsson sagt in seiner Uebersetzung der Grágás: „a judiciali contentione liberatur"; in seinem Glossare dagegen, wo er unrichtig die Form lögmálastaðr statt lögmálsstaðr ansetzt, schwankt er zwischen der Deutung: „locus ubi contentiones forenses aguntur", und „locus, ubi debitum solveretur ex pacto partium", sowie zwischen der Uebersetzung: „a contentione in foro liberatur", und „in locum ad solvendum constitutum venire non tenetur", welche letztere er eher vorzuziehen scheint. Fritzner endlich giebt lögmálsstaðr unter Berufung auf unsere beiden Stellen durch „Sagsögning" wider, jeder weiteren Erklärung sich enthaltend; die übrigen Wörterbücher aber nemen von dem Ausdrucke überhaupt keine Notiz. Ich wähle als Ausgangspunkt für meinen Versuch denselben zu erklären die oben angeführte Stelle der Grágás. Der Sinn der in ihr gegebenen Bestimmung ist durch den Zusammenhang, in welchem sie steht, im Allgemeinen klar. Eine Schuld liegt vor, die den Charakter des eindagat fè trägt, d. h. bei welcher Ort und Zeit der Zahlung rechtsförmlich festgestellt ist, und der Glaübiger hat sich rechtzeitig an dem bestimmten Orte eingefunden, um die Zahlung in Empfang zu nemen, aber den Schuldner nicht angetroffen; er hat daraufhin, der gesetzlichen Vorschrift entsprechend[1]), zunächst in rechtsförmlicher Weise die Zahlung begehrt, beziehungsweise seine Bereitwilligkeit dieselbe zu empfangen, sowie die Abwesenheit des Schuldners constatirt, sodann aber gegen diesen die Ladung zum Erscheinen vor Gericht ergehen lassen. Indem er nun im Begriffe ist von dem Zahlorte weg und

---

1) Vgl Kaupab., cap. 2, S. 391, und in etwas anderer Fassung Festa þ., cap. 59, S. 384; die erstere Stelle auch Kgsbk, § 221, S. 140—141.

heim zu reiten, begegnet ihm der Schuldner, welcher seinerseits, freilich etwas verspätet, nach diesem sich begeben will, und soll nun für diesen Fall die Regel gelten, dass der Schuldner auch nachträglich noch an dem Orte, an welchem seine Begegnung mit dem Glaübiger stattfand, solle zahlen dürfen, und dass das hier von ihm gemachte Zahlungsanerbieten ihn von allen weiteren Ansprüchen des letzteren befreien solle. Fragt sich also nur, welche weiteren Ansprüche des Glaübigers unter den lögmálsstaðir zu verstehen seien? Nun wissen wir, dass beim eindagat fé die Klage, wenn es der Schuldner zu dieser kommen liess, nicht nur auf die Schuldsumme selbst (innstæða), sondern auch noch auf eine Zubusse (álög) gieng, welche regelmässig $4\frac{1}{2}$ Mark betrug, und sich aus der gewöhnlichen Busse von 3. Mark (útlegð), aus 6. Unzen für die Brechung des bei Eingehung des Schuldverhältnisses gegebenen Handschlages (handsalsslit), endlich aus 6. weiteren Unzen für die Mühe des Eintreibens der Schuld (harðafáng) zusammensetzte[1]), während in Folge der Nichteinhaltung gewisser Förmlichkeiten beim Vertragsabschlusse der als handsalsslit, oder umgekehrt der als harðafáng bezeichnete Betrag wegfallen konnte[2]). Auch sonst kommt die Bezeichnung álög noch öfters für Zahlungen vor, die strafweise zu einer primären Zahlung hinzutraten, und es ist demnach zu eng, wenn þórðr Sveinbjörnsson in seinem Glossare den Ausdruck auf den soeben besprochenen Fall beschränken will; so im Armenrechte[3]), im Zehntrechte[4]), im Christenrechte[5]), u. dgl. m. Genau in demselben Sinne scheint mir nun aber auch der Ausdruck lögmálsstaðr zu stehen. Das gleichmässige Widerkehren des Wortes in der Grágás und in unserer Sage schliesst jede Möglichkeit aus, bei der ersten Hälfte desselben an lögmáli = rechtsgültiger Vertrag zu denken, und es ist rein willkürlich, wenn þórðr Sveinbjörnsson, um diess zu ermöglichen, in seinem Glossare stillschweigend

---

1) Festu Þ., cap. 59, S. 384; Kaupab., cap. 2, S. 391, und cap. 5, S. 395; die beiden letzteren Stellen auch Kgsbk, § 221, S. 140—1, und 143.
2) Festu Þ., cap. 59, S. 384—5; Kaupab., cap. 6, S. 398, und 399—400; die letztere Stelle auch Kgsbk, § 221, S. 145—6.
3) Kgsbk, § 130, S. 13; Ómagab., cap. 8, S. 260.
4) Kgsbk, § 258, S. 211; § 259, S. 212, 13. und 14.
5) Kristinn R. hinn gamli, cap. 15, S. 76, Anm. ii.

die Form lögmálastaðr unterschiebt; von der Form lögmálsstaðr ist vielmehr auszugehen, und wird dabei die Zerlegung des Wortes in lögmáls
-staðr ebensowohl zulässig sein, wie die Zerlegung in lög-málsstaðr, aber
auch mit dieser genau zu demselben Ergebnisse führen. Es bedeutet
aber lögmál zwar zunächst soviel wie gesetzliche Bestimmung, Rechtsvorschrift, und weiterhin soviel wie rechtsgültige Abrede und Verbindung, zumal eine Abrede bei welcher die naturalia negotii durch keine
Willkür der Partheien alterirt werden[1]); aber das Wort kann auch eine
Rechtssache bezeichnen, welche bei Gericht anhängig gemacht wird, wie
ja auch das einfache „mál" in der Bedeutung von Streitsache oft genug
vorkommt. Das vieldeutige Wort „staðr" aber bezeichnet unter Andern
soviel wie Hinsicht, Richtung, Theil[2]), und an diese Bedeutung dürfte
hier anzuknüpfen sein. Málsstaðr oder lögmálsstaðr würde von hier
aus die Bedeutung Rechtspunkt, Processpunkt, oder Rechtstheil, Processtheil bekommen können, und diese Bedeutung wäre zunächst für die
obige Stelle der Grágás vollkommen zutreffend. Da nämlich der Anspruch, welcher durch die Klage um eindagat fè verfolgt wurde, sich
„í tvá staði" theilte, nämlich in die innstæða und in die álög, liess sich
ja wohl für diese letzteren, welche auf Grund einer gesetzlichen Vorschrift, nicht einer vertragsweisen Verabredung zu zahlen waren, und
welche nicht bei rechtzeitiger Vertragserfüllung, sondern nur dann gefordert werden konnten, wenn wegen der Nichtleistung geklagt werden
musste, die Bezeichnung als Gesetztheil oder Processtheil hören, und da
die álög im gegebenen Falle sich wider aus 3. Bestandtheilen, nämlich
útlegð, handsalsslit und harðafáng zusammensetzten, ist auch die Pluralform, lögmálsstaðir, für diese Stelle vollkommen gerechtfertigt; der
Ausdruck: „versk gjaldandinn lögmálsstöðum", d. h. der Schuldner hat

---

1) vgl. z. B. Kgsbk, § 4, S. 17: nú gera þeir eigi annann máldaga, enn maðr tekr prestlíng
til kirkju sinnar at lögmáli; § 76, S. 124: þar er menn selja hross sín til gæzlu á alþíngi
at lögmáli".

2) vgl. z. B. Kgsbk, § 256, S. 208: hreppsmenn þeir, er eru til teknir, skulu skipta hvers
manns tíund í fjóra staði, nema minna sè enn eyristíund, enda er þá rètt at hun hverfi í
einn stað; Eyrbyggja, cap. 23, S. 37: eptir þat hljópu menn í tvá staði; Flbk, II, S. 437:
hurfu gæðíngar mjök í tvá staði; Njála, cap. 135, S. 213: en liðveizlu mína er skylt at
ek leggja til í alla staði sem ek má, u. dgl. m.

eine rechtsgültige Vertheidigung gegen die (Forderung der) Gesetz- oder
Processportionen, ist mit dieser Auslegung des Wortes ganz wohl vereinbar,
während derselbe umgekehrt jede Möglichkeit ausschliesst, dasselbe sei
es nun auf den Ort der vertragsmässigen Zahlung oder auf den Ort
der Processführung zu beziehen. Aber auch für die angeführte Stelle
unserer Sage passt dieselbe Deutung. Blundketill hat dem Hænsaþórir
gewaltsam Heu weggenommen, und hierinn will dieser einen Raub (rán)
sehen [1]), wie denn auch die sofort folgende Ladung auf dieses Verbrechen lautet; nach der Strenge des Gesetzes ist diese Auffassung auch
vollkommen begründet, soferne der Begriff des rauðarán vollständig auf
unseren Fall quadrirt [2]). Nun war der Raub mit der Acht in ihrer vollen
Strenge bedroht, wobei das Vermögen des Æchters eingezogen wurde;
aus demselben wurde sicherlich beim Raub ebensogut dem Damnificaten
zunächst Schadensersatz geleistet wie beim Diebstahle [3]) oder der wider-
rechtlichen Beschädigung (spellvirki) [4]), und ausserdem fiel demselben
die Hälfte dessen zu, was nach völlig durchgeführter Liquidation dieses
Vermögens etwa noch von demselben übrig blieb. Wenn demnach Blundketill auf þorvalds Frage, wie er zu Hænsaþórirs Ansprüchen sich zu
verhalten gedenke, zunächst nur sich bereit erklärt, Schadensersatz nach
eigener Schätzung der Klagsparthei zu leisten, so mochte Jener immerhin weiter fragen, was er denn für den Gesetzestheil zu thun gedenke;
hier wie dort würde dann durch lögmálsstaðr die criminelle Seite der
Streitsache gegenüber der civilen bezeichnet, also das was sich auf den
Bruch der Rechtsordnung bezieht, im Gegensatze zu dem auf die blose
Widerherstellung des gekränkten subjectiven Rechts Bezüglichen, d. h.
eben der Rechtspunkt in abstracto. Ich darf mich zur Bestätigung
meiner Auslegung auf eine Parallelstelle berufen, die in einem ganz änlichen Falle einen ganz änlichen Ausdruck gebraucht [5]). Eine der ver-
lässigeren Sagen erzählt nämlich, wie ein gewisser Eysteinn Mánason

---

1) cap. 6, S. 140. und 141, dann 142; cap. 7, S. 145.
2) Kgsbk, § 228, S. 164: Ef maðr heldr eigi á, ok kveðst hann þó eiga, en hinn tekr þann
   grip ábrott, ok er þat rauðarán.
3) Kgsbk, § 49, S. 85, und § 62, S. 114.
4) ebenda, § 63, S. 116.
5) Vígaskútu s., cap. 1, S. 232—33.

seinem Nachbarn Mýlaugr 4. Lasten Holz wegnam, weil dieser sie ihm als einem bösen Schuldner nicht verkaufen wollte; die Sache wurde auf den Schiedspruch des trefflichen Áskell goði gestellt, und dieser „gjörði Mýlaugi við jafnmikinn, ok 12. aura silfrs fyri sakastaði". Sakastaðr, oder wie anderwärts geschrieben wird, sakarstaðr, bezeichnet allerdings an ein paar anderen Stellen den processualisch geltend zu machenden Rechtsanspruch im Allgemeinen[1]); indessen ist diess sicherlich nur eine minder genaue Gebrauchsweise des Wortes, welche überdiess auch bei dem Worte málstaðr sich nachweisen lässt[2]), und an einer der betreffenden Stellen wechselt dieser Ausdruck sogar geradezu mit sakastaðr[3]), mit welchem Worte jenes etymologisch ohnedem gleichbedeutend genommen werden muss, da sök = mál = Processsache steht. Aber wenn die bisherige Ausführung þorvalds Frage vollkommen verständlich macht, so ist doch aus der Antwort, welche unser Text den Blundketil auf dieselbe geben lässt, klar ersichtlich, dass dessen Schreiber dieselbe seinerseits ganz und gar nicht verstanden haben kann. Hätte Blundketill, so wie seine Worte in unserem Texte lauten, sich wirklich auch in Bezug auf den Strafpunkt schlechthin der alleinigen Entscheidung þorvalds unterworfen, so hätte dieser unmöglich sofort erklären können, dass ihm keine andere Wahl mehr bleibe als die Ladung vor Gericht. Eine andere Wortfassung muss hier ursprünglich vorgelegen haben, die den Gegensatz des Civil- und Criminalpunktes schärfer hervorgehoben hatte, und welche nur darum hinterher verwischt wurde, weil dem späteren Ueberarbeiter die alte Rechtsterminologie nicht mehr geläüfig war. — Uebrigens regt gerade die auf den Heuraub bezügliche Erzählung unserer Sage noch eine weitere Erwägung an. Die Jónsbók enthält nämlich eine Bestimmung, welche für Nothfälle eine zwangsweise Expropriation in Bezug auf Heuvorräthe geradezu anordnet[4]). Einer Vor-

---

1) Finnboga s., cap. 41, S. 346: kvaðst vilja góðu við hann skipta, ok uppgefa sakastaðinn þann, sem til heyrir: Njála, cap. 107, S. 166: ok var þá lagit mál í gerð, ok fèllu hálfar bætr niðr fyrir sakastaði þá er hann þótti á eiga.

2) vgl. z. B. Hrólfs s. kraka, cap. 38, S. 76—7: mikill málstaðr er þetta, sem þú vekr upp, því þar egum vèr eptir föðurhefndum at leita, er Aðils konúngr enn ágjarni ok prettvísi er.

3) Njála, ang. O., Versio latina, S. 370, Anm. k: fyrir sakir málstaða þeirra.

4) Landsleigub., cap. 12.

schrift des norwegischen Landrechtes nachgebildet, welche sich ihrerseits freilich nicht auf Heu, sondern auf Saatkorn bezieht[1]), ist dieselbe dem älteren isländischen Rechte durchaus fremd, und wir wissen, dass gerade diese, erst in unserem Jahrhunderte[2]) aufgehobene Vorschrift zu der langen Reihe derjenigen zählte, gegen welche sich am Alldinge des Jahres 1281. sowohl der Klerus als die Bauerschaft der Insel sehr entschieden erklärte[3]). Es ist nicht nur rein undenkbar, dass der Heuraub Blundketils von unserer Sage in so harmloser Weise, wie diess geschehen ist, behandelt worden wäre, wenn dieselbe erst zu einer Zeit aufgezeichnet worden wäre, da jene heftigen Verhandlungen noch im Gange, oder doch noch in frischer Erinnerung waren, sondern auch kaum wahrscheinlich dass ein Ueberarbeiter derselben, der unter solchen Eindrücken geschrieben hätte, in keinem Worte eine Spur der Stimmung seiner Zeit hinterlassen haben sollte. Die Ueberarbeitung unserer Quelle, die ich annemen zu sollen glaube, wird hiernach entweder noch vor das Jahr 1280, oder aber erst in das 14. Jahrhundert zu setzen sein.

Ungemein auffällig ist sodann in unserer Sage die Art, wie Hersteinn sich seine Helfer zur Verfolgung der Blutklage wirbt. Hersteinn handelt dabei nach dem Rathe seines alten Pflegevaters þorbjörn stígandi, von welchem es (cap. 9, S. 152) hiess, „at þorbjörn væri eigi allr jafnan þar sem hann var sènn“, und welcher sich wirklich im weiteren Verlaufe der Sache ungemein verschlagen erweist; wie soll sich nun aber dazu reimen, dass der alte Mann trotz des entschiedensten Abrathens Hersteins dennoch ungeschickt genug ist, zunächst den Túngu-Odd, Blundketils erklärten Feind, um Hülfe anzugehen? Allerdings kann keinem Zweifel unterliegen, dass der Zwischenfall mit diesem letzteren unserer Sage von Anfang an zugehörte. Die hinterlistige Art, wie dieser Haüptling die altheidnische Form der Besitzergreifung von Land mittelst einer Feuerweihe misbraucht, um den nidergebrannten Hof im Örnólfsdale sich selber anzueignen, liegt so völlig im Geiste der älteren Zeit, dass sie nimmermehr auf eine spätere Zuthat zurückgeführt werden kann, und

---

1) Landsleigub., cap. 14.
2) Durch Plakat vom 19. September 1806; vgl. Lagasafn, VII, S. 88—9
3) Árna bps s, cap. 28, S. 718—19.

überdiess spielt der Anspruch, welchen Túngu-Oddr auf das Land im
Örnólfsdale erhebt, und welcher sich doch nur auf eben jene Besitzergreifung gründen kann, im weiteren Verlaufe der Erzählung seine
wichtige Rolle, indem nur er jenen Conflict mit Gunnar Hlífarson veranlasst, welcher dann wider zu der Heirath von Túngu-Odds Sohn þóroddr
mit der Jófríðr Gunnarsdóttir führt, einer Heirath, deren die verschie-
densten Quellen ganz übereinstimmend gedenken, und zwar regelmässig
mit dem auch unserer Sage bekannten Beisatze, dass diese Jófríðr in
zweiter Ehe mit þorsteinn Egilsson zu Borg verheirathet gewesen sei[1]).
Aber damit ist doch noch ganz und gar nicht gesagt, dass im Originale unserer Sage dieser Zwischenfall auch bereits völlig in der nämlichen Weise
erzählt gewesen sei, wie in unserer Recension derselben; es liegt vielmehr die Vermuthung nahe, dass in dieser letzteren eine Verwechslung
der ursprünglichen Rollen stattgefunden, und durch diese erst die oben
als anstössig bezeichneten Punkte in unsere Sage Eingang erlangt haben
mögen. Nemen wir an, dass der junge Hersteinn, sei es nun im naiven
Vertrauen auf die Gerechtigkeit seiner Sache, oder vielleicht besser noch
auf irgend ein bei einer nicht mehr zu ermittelnden Gelegenheit von
Túngu-Odd ihm gegebenes Versprechen trotz des Abrathens seines welt-
erfahrenen Pflegevaters sich an jenen Haüptling gewandt habe, so ge-
winnt die ganze Erzählung sofort insoweit ihre ganz naturgemässe Run-
dung, während sich zugleich recht wohl begreift, wie ein ungeschickter
Ueberarbeiter möglicherweise nur durch das Bestreben, die einleitenden
Parthieen der Sage zu kürzen, sich zu jenem Rollentausche bestimmen
lassen konnte. — Ganz vortrefflich, und unzweifelhaft ächt, ist die
Ueberlistung des þorkell trefill zu Svignaskarð erzählt. Die erste Einführung des Mannes in cap. 1, S. 124, ist allerdings einigermassen verdächtig, da sie sich genau mit Landnáma, II, cap. 4, S. 72. berührt,
und überdiess nicht der entfernteste Grund abzusehen ist, warum neben
Helgi, welcher später noch einmal als thatkräftiger Helfer þorkels ge-

---

1) vgl die **Eigla**, cap. 83, S. 209; **Gunnlaugs s. ormstúngu**, cap. 1, S. 191—2; **Laxdæla**,
cap. 7, S. 16; **Landnáma**, I, cap. 20, S. 61, II, cap. 19, S. 116, und IV, cap. 12, S. 272;
Bárðar s. snæfellsáss, cap. 10, S. 22; endlich die Bischofs-Genealogien, in den
Islendínga sögur, I, S. 360.

nannt wird (cap. 13, S. 168—9), auch noch ein weiterer Bruder dieses
Haüptlinges Namens Gunnvaldr, und zwar dieser sammt seinem Sohne
und seiner Schwiegertochter erwähnt werden sollte, während doch von
allen diesen Leuten im weiteren Verlaufe der Erzählung mit keinem
Worte mehr die Rede ist. Man möchte vermuthen, dass von unserer
Sage hier die Landnáma benützt, und zwar aus Ungeschick in über-
reichem Masse benützt worden sei; aber diese Benützung kann recht
wohl dem Ueberarbeiter der ersteren zugeschrieben werden, und in der
That deutet die Art, wie Helgi zu Hvammr hinterher in derselben erwähnt wird, ganz und gar nicht darauf hin, dass bereits im Eingange
der Sage seiner Erwähnung geschehen sei. Dagegen ist die Bemerkung
über þorkels Charakter: „þorkell trefill var vitr maðr ok vel vinsæll,
stórauðigr at fè“, der Landnáma fremd, und sie wird demnach in unserer Sage wurzelhaft sein, wie sie denn auch vorausgesetzt wird, um
das spätere Verhalten des Mannes zu motiviren. Auch die Laxdæla,
cap. 10, S. 24, erwähnt des Mannes, und sagt von ihm, mit dem obigen
Urtheile ganz übereinstimmend: „hann var höfðíngi mikill, ok vitríngr“.
Dieselbe Laxdæla, cap. 18, S. 58—60, erzählt aber von þorkel auch
noch einen ungemein listigen, aber freilich keineswegs besonders ehren-
haften Streich, durch welchen er sich eine reiche Erbschaft zuzuwenden
wusste, und die Landnáma, II, cap. 23, S. 131—2, scheint dieselbe
Erbschaftssache im Sinne zu haben, nur dass sie die verwandtschaft-
lichen Verhältnisse, welche deren thatsächliche Grundlage bildeten, ganz
anders und ziemlich verwirrt angiebt; an einer weiteren Stelle, II, cap. 30,
S. 154, erzählt ferner diese letztere Quelle noch einen anderen Beweis
der seltensten Verschlagenheit von demselben Manne, mittelst dessen
er den weisen Gestr Oddleifsson zu überlisten wusste. Derartige Erzählungen muss man wohl im Auge behalten, wenn man die Pointe in
der Darstellung unserer Sage richtig würdigen will; sie liegt offenbar
gerade darinn, dass sie den durchtriebenen Fuchs durch einen noch
geriebeneren übers Ohr gehauen zeigt. — So lebendig und naturgetreu
aber diese erste Erzählung ist, so unwahrscheinlich lautet der weitere
Bericht unserer Sage über die Art, wie zuerst Gunnarr Hlífarson, und
dann wider þórðr gellir angeführt werden. Schon das dreimalige Spielen
eines Betruges ist verdächtig; mehr noch, dass der dem þórð gespielte

genau derselbe ist, durch welchen unmittelbar zuvor erst Gunnarr über-
listet worden war. Beidemale soll die Verlobung Hersteins mit der
þuríð,. der Tochter Gunnars und Nichte þórðs, als Mittel dienen, diese
ihre Angehörigen an Hersteins Sache zu binden, und beidemale wird
die Verlobung dadurch erreicht, dass bei der Werbung Blundketils Tod
verschwiegen wird. Aber ist es denkbar, dass der geradsinnige Gunnarr, eben erst selbst getaüscht, sofort sich zum eifrigen Gehülfen der
gleichen, an seinem Schwager zu begehenden Taüschung hergegeben
haben werde, und dass er sich dabei nicht etwa blos eines hinterlistigen
Verschweigens, sondern sogar einer derben, handgreiflichen Lüge schuldig
gemacht habe[1])? Ist es ferner denkbar, dass þuríðr zu zwei verschiedenen
Malen dem Herstein verlobt wurde, erst durch ihren Vater, und dann,
als ob noch keine Verlobung vor sich gegangen wäre, nochmals durch
ihren Oheim (cap. 10, S. 160, und cap. 11, S. 163), während doch nach
unzweifelhaften Rechtsgrundsätzen bei Lebzeiten des Vaters Niemand
anders als er selber seine jungfraüliche Tochter zu verloben berechtigt
war[2])? Die Hand eines Ueberarbeiters, und zwar eines recht einfältigen
Ueberarbeiters, ist hier nicht zu verkennen; seine ganze Zuthat kann
aber auch aus der Erzählung ausgeschieden werden, ohne dass deren
innerer Zusammenhang dadurch im Geringsten erschüttert würde. Allerdings wissen wir nicht nur aus unserer Sage (cap. 10, S. 156—7),
sondern auch aus einer Reihe anderer Quellen, dass Helga, die Frau
Gunnars und Mutter der þuríð, eine Schwester des þórðr gellir war[3]),
und wir wissen überdiess aus der Íslendíngabók, dass gerade dieser Umstand es war, welcher den letzteren bestimmte, um die Streitsache Hersteins als des Mannes seiner Nichte sich anzunemen; aber Nichts steht
der Anname entgegen, dass Hersteins Heirath schon längst vor dem
Mordbrande erfolgt sein möge, vielmehr zeigen sich Ari's Worte einer

---

1) cap. 11, S. 161—2: faðir hans hefir þat mælt, at hann mundi af hendi láta búit, en Hersteinn tæki við.

2) Kgsbk, § 144, S. 29: Sonr 16. vetra gamall eða ellri er fastnandi móður sinnar, frjáls-
borinn ok arfgengr ok svá hygginn, at hann kunni fyrir erfð at ráða. En ef eigi er sonr,
þá er dóttir sú er gipt er, ok á þá bóndi hennar at fæstna mágkonu sína. En þá er faðir
fastnandi dóttur sinnar; Festa þ., cap. 1, S. 305; Anhang IV, § 48.

3) Laxdæla, cap. 7, S. 16; Landnáma, II, cap. 19, S. 116; Bischofsgenealogieen, S. 360.

solchen Vermuthung sogar günstig. Nemen wir nun an, dass die Sache in unserer Sage ursprünglich ebenso dargestellt gewesen sei, so ist sofort Alles in der schönsten Ordnung. Nachdem Hersteins allzu vertrauensvoller Appell an Túngu-Odd sich erfolglos erwiesen hat, wendet sich dieser, nunmehr des alten þorbjörns Rathe folgend, zunächst an þorkel trefil, den es ihm glücklich gelingt zu überlisten; dann reitet er mit diesem zu seinem eigenen Schwiegervater Gunnar, der sich sofort natürlich zu seiner Unterstützung bereit erklärt, worauf dann von allen drei Männern zusammen noch þórðr gellir angegangen wird, welcher denn auch seinerseits seine Hülfe zusagt, theils um der Verschwägerung willen, und theils aus dankbarer Erinnerung an Dienste, welche Blundketill ihm in früheren Zeiten erwiesen hatte. Der Ueberarbeiter erst, welchem diese schlichte Motivirung zu wenig romantisch erscheinen mochte, glaubte jener ersten List noch eine zweite und dritte folgen lassen zu müssen, und kam bei der Armseligkeit seiner Erfindungsgabe von hier aus zu jener abgeschmackten Erzählung, wie wir sie in dem uns vorliegenden Texte der Hænsaþóris s. lesen.

Vollständig verwirrt ist ferner, was unsere Sage über die Vorbereitungen sagt, welche für die Processführung getroffen wurden. Die Ladung vor das þingnessþing wird (cap. 12, S. 167—8) zu Norðrtúnga an den Goden Arngrím gerichtet, was ganz in der Ordnung ist, da dieser hier wohnte, aber auch an Hænsaþórir, welcher doch zu Helgavatn gesessen war, und somit auch nur auf diesem letzteren Hofe vorgeladen werden konnte; da beide Höfe sehr nahe bei einander liegen, mag freilich sein, dass der Nichterwähnung des geringeren nur eine Ungenauigkeit des Ausdruckes zu Grunde liege, aber doch hätte sich auch einer solchen der Verfasser der Sage wohl kaum schuldig gemacht. Schlimmer noch ist, wenn sofort erzählt wird, wie Hersteinn sich von seinen Genossen trennt um sich nach dem Orte zu begeben, an welchem seiner Behauptung nach þorvaldr Túngu-Oddsson sein letztes Nachtlager (hinn síðasta náttstað) gehabt habe, weil dieser damals sich von seinem regelmässigen Aufenthaltsorte entfernt gehabt habe (þvíat hann var þá farinn af vist sinni). Da ist nun zunächst schon höchst auffällig, dass uns weder gesagt wird, wo denn jenes letzte Nachtlager gehalten worden sei, noch auch was Hersteinn denn an dem betreffenden Ort gethan

6*

habe; weit auffälliger ist aber noch die juristische Verkehrtheit der Erzählung, wenn wir dieselbe in der einzigen dem Zusammenhange nach
zulässigen Weise ergänzen. Augenscheinlich kann Hersteins Expedition
nur den Zweck verfolgen, die Ladung gegen þorvald zu erlassen, wie
solche unmittelbar zuvor gegen Arngrím und þórir erlassen worden war,
und die Berücksichtigung seiner letzten Nachtherberge kann, zumal im
Zusammenhalte mit der ausdrücklich hervorgehobenen Entfernung desselben von seinem früheren Aufenthaltsorte, doch nur dahin verstanden
werden, dass eben an diesem Orte die Ladung erlassen werden wollte;
aber gerade damit werden wir auf ein entschiedenes juristisches Mis-
verständniss als Quelle der betreffenden Angaben geführt. þorvaldr war
im Jahre zuvor, ehe der Mordbrand begangen worden war, erst aus
der Fremde heimgekehrt; im Nordlande war er gelandet, und dort hatte
er sich den Winter über aufgehalten. Im folgenden Frühjahre war er
sodann südwärts geritten um seinen Vater zu besuchen, und bei dieser
Gelegenheit hatte er zu Norðrtúnga bei Arngrím Herberge genommen
(cap. 7, S. 143). Wenige Tage später war der Mordbrand begangen
worden, und bis dahin war þorvaldr zu Norðrtúnga geblieben; Weiteres
aber erfahren wir nicht über ihn. Wollte hiernach Herstein ihn laden,
so konnte er ihn entweder als auf dem Hofe seines Vaters domicilirend
behandeln, oder auch, da ein 16jähriger junger Mann bereits als berechtigt
galt sich sein eigenes Domicil zu wählen[1]), ihm mit der gesetzlich vor-
gesehenen Frage um seinen Wohnort zu Leibe rücken[2]), oder er konnte
sich endlich, wenn sich hiezu keine Gelegenheit bot, an dessen letztes
ihm bekannt gewordenes Domicil halten, also an den Ort, an welchem
þorvaldr sich den Winter über aufgehalten hatte[3]), und an welchem er
somit, von der Reise heimkommend, jedenfalls sein legales Domicil genommen haben musste[4]); keinenfalls aber konnte dabei des jungen
Mannes letzte Nachtherberge in Frage kommen. Allerdings lassen unsere Rechtsquellen gegen Leute, welche ein festes Domicil überhaupt

---

1) Kgsbk, § 78, S. 129; Kaupab., cap. 53, S. 465.

2) Kgsbk, § 22, S. 40—43.

3) Kgsbk, § 78, S. 131, und § 80, S. 133; Kaupab., cap. 55, S. 469—70, und cap. 59, S. 472.

4) Kgsbk, § 79, S. 131; Kaupab., cap. 56, S. 470.

nicht besitzen, die Ladung an demjenigen Orte richten, an welchem dieselben ihre letzte bekannte Nachtherberge hatten[1]); aber es handelt
sich dabei nur um vagabundirende Bettler, oder höchstens noch um
Taglöhner, die von Hof zu Hof ziehen, ohne auch nur auf einem einzigen 3. Tage hinter einander in Arbeit zu stehen, während doch der
Sohn eines der mächtigsten Haüptlinge des Landes unmöglich der einen
oder der anderen Kategorie beigezählt werden konnte. Wollte aber
etwa Hersteinn seinen Gegner gerade dadurch beschimpfen, dass er ihn
als einen heimatlosen Vagabunden behandelte, so musste denn doch dieser
Umstand von dem Schreiber der Sage sicherlich besonders angedeutet
und hervorgehoben werden. — Endlich ist auch der andere Umstand
noch auffällig, dass bei dem zu Hvammr gehaltenen Hochzeitsmahle
Hersteinn feierlich die Verfolgung Arngríms und Gunnarr die Verfolgung
þorvalds gelobt (cap. 12, S. 166), während dann hinterher doch Hersteinn und nicht Gunnarr den letzteren ladet. Allerdings war an und
für sich lediglich Hersteinn zur Blutklage um seinen Vater berufen, und
zwar ganz gleichmässig den sämmtlichen Mordbrennern gegenüber; insoweit also ist es ganz in der Ordnung, wenn er und kein Anderer auch
gegen þorvald seine Ladung ergehen lässt. Aber was will dann jenes
Gelübde Gunnars heissen? Nur auf Grund einer von Herstein ihm rechtsförmlich ertheilten Vollmacht konnte dieser ja überhaupt gegen þorvald
auftreten, und von der Ertheilung einer solchen ist nirgends eine Spur
zu finden; wäre aber etwa eine solche dennoch als ertheilt anzunemen,
so hätte wider Gunnarr, nicht Herstein die Ladung þorvalds vornemen
müssen, da das isländische Recht niemals den Vollmachtgeber neben
dem Bevollmächtigten an der Sachführung sich betheiligen lässt. Ferner.
Sowohl Hersteinn als Gunnarr gelobt, den gewählten Gegner zur Verur-

---

1) Kgsbk, § 80, S. 133: Ef maðr ferr með dagakaup, ok er rètt at stefna honum þar er
hann er hálfan mánað um annir eða lengr. Enn ef hann er hvergi hálfan mánað í einum
stað um annir, ok er rètt at stefna honum þar er hann var 3. nætr eða lengr um annir;
ef hann var hvergi svá, ok er rètt at stefna þar er hann vissi náttstað hans síðarst;
ebenda, § 82, S. 140: Ef maðr göriz húsgángsmaðr heill ok svá hraustr at hann mætti
fá sèr 2. missera vist, ef hann vildi vinna sem hann mætti, ok varðar þat skóggáng, ok er
rètt at stefna þar, er hann vissi náttstað hans síðarst. Vgl. Kaupab., cap. 59, S. 472,
und cap. 65, S. 482.

theilung zu bringen, ehe noch das nächste Allding vorüber sei; wie
will sich nun dazu reimen, dass dieselben die Sache dann doch an das
þíngnessþíng bringen, sodass sich in keiner Weise voraussehen liess, dass
dieselbe überhaupt noch an das Allding kommen werde? Und wie sollen
wir es verstehen, wenn die Leute bei eben jenem Hochzeitsmahle dem
þórð gellir nahe legen, dass er ein änliches Gelübde dem Túngu-Odd
gegenüber ablegen werde, während dieser doch bei dem Mordbrande
gar nicht betheiligt gewesen war, und somit einer Klage wegen desselben
in keiner Weise ausgesetzt sein konnte, wie denn auch wirklich hinterher
gegen ihn keine Ladung dieserhalb ergieng? Man sieht, die ganze Erzählung von den Gelübden ist lediglich ein späterer, recht unbeholfener
Zusatz des Ueberarbeiters, welcher unsere Sage durch eine nach dem
Muster so mancher anderer Sagen erfundene Episode weiter aufputzen
zu sollen glaubte; in dem ursprünglichen Texte derselben kann diese
Geschichte wenigstens so wie sie uns vorliegt nun und nimmermehr
gestanden haben.

Widerum ist der Bericht durchaus verkehrt, welchen unsere Sage
über das Ende Hænsaþóris giebt. Sie erzählt (cap. 13, S. 168), wie
dieser noch vor dem Zusammenstosse am þíngnessþínge mit 11. Genossen
spurlos verschwunden sei, sowie ihm die Männer bekannt geworden
waren, welche ihre Unterstützung der Klagsparthei zugesagt hatten, und
sie erzählt auch (cap. 13, S. 170—71), wie unmittelbar nach jenem
Zusammenstosse Gunnarr mit Herstein seinen Hof tauscht, sodass er
selber nach dem Örnólfsdale zieht, während jener nach Gunnarsstaðir
zu wohnen kommt. Als dann die Zeit kommt, da man zum Alldinge
reiten soll, lässt sie (cap. 14, S. 171) den Herstein krank zu Gunnarsstaðir zurückbleiben, bald darauf·aber wider gesund werden, und während
seine Genossen auf der Dingfahrt sind, nach dem Örnólfsdale abgehen.
Hier lässt ihn Hænsaþórir in einen Hinterhalt locken, den er ihm selb-
zwölft gelegt hat; er aber merkt den Verrath des an ihn abgesandten
Bauern, besiegt und erschlägt glücklich den þórir, und reitet dann zum
Dinge nach, wo er eben noch recht kommt um der Niderlage der übrigen
Gegner beizuwohnen (cap. 15, S. 174—77). Die vollständigste Verwir-
rung ist hier unverkennbar. Offenbar kann þórir's Verschwinden unmöglich dahin gedeutet werden, dass er lediglich sich selber vor den

mächtigen Bundesgenossen seines Gegners in Sicherheit bringen wollte; wäre es ihm nur hierum zu thun gewesen, so wäre er sicherlich ohne Genossen geflohen und nach einem von dem Wohnorte Jener weiter abgelegenen Verstecke, und hätte auch hinterher nicht ohne alle Noth mit Herstein wider angebunden. Seine heimliche Entfernung muss somit auf die Absicht zurückgeführt werden, den Gegnern durch einen unvorhergesehenen Ueberfall zu schaden, wie er diess denn auch wirklich seinerzeit listig genug versucht; aber mit dieser Auffassung des Herganges harmonirt dann wider weder der Hoftausch unter Herstein und Gunnar, noch auch des ersteren, sei es nun wirkliche oder vorgebliche, Krankheit. Von jenem Tausche musste þórir denn doch Kenntniss haben; wie konnte er dann aber Herstein gegenüber auf einen Ueberfall speculiren, da er denselben doch wenn krank zu Gunnarsstaðir, und wenn gesund am Alldinge vermuthen musste? Nun muss dieser Hoftausch offenbar bereits der Sage in ihrer ursprünglichsten Gestalt angehört haben, da derselbe für den weiteren Verlauf der Erzählung eine durchaus wesentliche Voraussetzung bildet. Nur durch ihn sind die Verwicklungen motivirt, welche sich später zwischen Gunnar und Túngu-Odd begeben, und welche dann durch þórodds Heirath mit des ersteren Tochter beendigt werden; was hätte überdiess einen Ueberarbeiter der Sage zu dessen Einschaltung bewegen sollen, da derselbe ja mit der gesammten Fassung der Erzählung ganz und gar nicht im Einklange steht? Die letztere Erwägung schliesst auch die Möglichkeit aus, dass der Wechsel der Wohnstätten im Originale unserer Sage etwa erst an einer späteren Stelle erzählt worden wäre, nachdem Herstein bereits den þórir getödtet gehabt hätte, und es scheint demnach nur die Anname übrig zu bleiben, dass es ursprünglich Gunnarr gewesen sein werde, welcher jene Krankheit vorschützte um dem þórir auf den Leib zu rücken, von dessen Aufenthalt in seiner Nähe er Wind erhalten haben mochte, und dass erst der Ueberarbeiter der Sage þórir's Tödtung von ihm auf Herstein übertragen habe. In der That stand dem Gunnar als dem vor Allen streitbaren Manne der kecke Streich ganz besonders wohl an, während es sich andererseits auch wider recht wohl begreift, dass ein Ueberarbeiter, welchem es weniger um die geschichtliche Wahrheit als um einen möglichst romantischen Aufputz seiner Sage zu thun war, an der

höchst unbedeutenden Rolle Anstoss nemen konnte, welche Hersteinn
in der ganzen Erzählung spielte, deren Hauptheld er doch als der zunächst zur Blutrache Berufene hätte sein sollen, und dass er diesem
vermeintlichen Uebelstande dadurch abzuhelfen suchen mochte, dass er
einen Theil dessen auf ihn übertrug, was ursprünglich von Gunnar erzählt worden war. Es ist bereits früher bemerkt worden, dass unsere
Sage gerade in Bezug auf þórir's Ende wider von der Íslendíngabók
abweicht, indem sie diesen bereits vor der Verhängung der Acht über
seine Genossen erschlagen lässt, während diese letztere berichtet, dass
er zugleich mit den übrigen Mordbrennern am Alldinge geächtet und
erst hinterher dann getödtet worden sei; möglich, dass dieser Widerspruch in unserer Sage nicht wurzelhaft, sondern erst durch den Ueberarbeiter in dieselbe hereingebracht worden ist, wiewohl ich diess bestimmt
zu behaupten nicht wagen möchte.

Noch manche andere, an sich zwar wenig beweisende, aber in ihrer
Verbindung mit den obigen gewichtigern Momenten immerhin auch be-
rücksichtigungswerthe Gründe liessen sich für Anname einer späteren
Ueberarbeitung der Hænsaþóris s. geltend machen. Ich hebe beispiels-
weise den Namen Víðfari hervor, welchen jener vielwandernde Angehörige
þórir's trägt, durch welchen dieser auf die Möglichkeit aufmerksam gemacht wird, den þorvald für seine Sache zu gewinnen; in seiner sprechenden
Bedeutung trägt dieser durchaus den Charakter einer späteren Erfindung.
Ausserdem liesse sich auch die oben schon erwähnte Verschiedenheit
der Ableitung des Namens Helgavatn in unserer Sage und in der Landnáma mit der Ueberarbeitung der ersteren in Zusammenhang bringen.
Da nämlich unsere Sage, cap. 1, S. 122, den Helgi Högnason wie die
Landnáma zu Arngríms Vater macht, ohne ihn doch wie diese bereits
zu Helgavatn wohnen zu lassen, eröffnet sich neben der bereits erwähnten
ersten Möglichkeit, dass der Text unserer Landnáma aus den Angaben
Ari's und denen unserer Sage combinirt sein könnte, jetzt nachdem
anderweitig dargethan worden ist, dass diese letztere mehrfach über-
arbeitet wurde, auch noch die Möglichkeit der anderen Anname, dass
deren Ueberarbeiter erst den Namen des Sees an Helgi Arngrímsson
statt an Helgi Högnason angeknüpft, und darum den Wohnort dieses
letzteren, der in seinem Originale genannt gewesen war, gestrichen haben

könnte. Möglicherweise hatte ihn dazu der Umstand veranlasst, dass er þórir's Hof „at Vatni“ auf Helgavatn beziehen zu müssen glaubte, während doch unter demselben ebensogut auch der andere, gleichfalls noch existirende Hof zu Hreðavatn verstanden sein mochte. Endlich möchte ich noch auf den Vergleich hinweisen, welcher in cap. 17, S. 182, unserer Sage zwischen Gunnarr Hlífarson und dem berühmten Gunnarr Hámundarson von Hlíðarendi gezogen wird. Es heisst nämlich hier von dem ersteren: „gengr heim til bæjarins, ok tók boga, því hann skaut allra manna bezt af honum, ok er þar helzt til jafnat, er var Gunnarr at Hlíðarenda“, und in der That erinnert die Art, wie derselbe allein in seinem Hause überfallen wird, und mit Bogen und Pfeilen sich zu vertheidigen sich anschickt, sehr lebhaft an das, was in der Njála, cap. 78, S. 114—17, von jenem anderen Gunnar erzählt wird. Aber dabei ist zunächst schon auffallend, dass unsere Sage zur Vergleichung einen Vorgang heranzieht, welcher doch erst über zwei Jahrzehnte später sich begab als der von ihr erzählte, und dass sie dabei nicht mit einem Worte des Zeitabstandes gedenkt, welcher die beiden Namensvettern von einander trennte. Auffällig ist ferner, dass die Njála, auf deren Benützung doch jene Vergleichung hinzudeuten scheint, wenigstens in der Gestalt, in welcher sie uns vorliegt, erst dem Ende des 13. Jhdts. angehört, wiewohl allerdings die Möglichkeit besteht, dass bei jener Parallele ihrem Urheber eine ältere Recension der Njáls s., oder selbst nur die mündliche Ueberlieferung über den streitbaren Helden derselben vorlag. Schliesslich aber, und dieser Punkt ist mir der bedeutsamste, darf auch nicht unbeachtet bleiben, dass änliche Vergleichungen verschiedener Männer auch in anderen Sagen mehrfach vorkommen, und geradezu auf einen bestimmten Geschmack einer bestimmten Zeit schliessen zu lassen scheinen. So heisst es eben widerum von unserem Gunnar Hlífarson in der Gunnlaugs s. ormstúngu, cap. 1, S. 191: „Gunnarr hefir bezt vígr verit ok mestr fimleika maðr á Íslandi af búandmönnum, annarr Gunnarr at Hlíðarenda, þriði Steinþórr á Eyri“. Die Stelle ist zwar in der ältesten uns erhaltenen Membrane, nr. 18. in 4° der isländischen Pergamenthss. der kgl. Bibliothek zu Stockholm, enthalten, fehlt aber in den beiden anderen Handschriftenclassen, und ist somit aller Wahrscheinlichkeit nach eine spätere Interpolation; da dieselbe

indessen wenn auch nicht mit der ältesten, vielleicht noch dem Schlusse
des 13. Jhdts. angehörigen, aber doch mit jener zweiten Hand geschrieben
ist, welche jünger als jene erstere, aber doch älter als die dritte, mit
cap. 2, S. 192, Anm. 11, beginnende und der Mitte des 14. Jhdts. angehörige Hand ist [1]), so muss sie jedenfalls der ersten Hälfte dieses
letzteren Jhdts. angehören. Ferner berichtet die Grettla, cap. 58,
S. 132: „Grettir var jafnan með Birni, ok reyndu þeir margan frækleik,
ok vísar svá til í sögu Bjarnar[2]), at þeir kallaðist jafnir at íþróttum,
en þat er flestra manna ætlan, at Grettir hafi sterkastr verit á landinu,
síðan þeir Ormr Stórólfsson ok þórálfr Skólmsson lögðu af aflraunir[3])“.
Und widerum cap. 95, S. 208: „Hefir Sturla lögmaðr svá sagt, at engi
sekr maðr þykkir hánum jafnmikill fyrir sèr hafa verit, sem Grettir
hinn sterki. Finnr hann til þess þrjár greinir: þá fyrst, at hánum þykkir hann vitrastr verit hafa, þvíat hann hefir verit lengst í sekt ein-
hverr manna, ok varð aldri unninn, meðan hann var heill; þá aðra, at
hann var sterkastr á landinu sinna jafnaldra, ok meir laginn til at koma
af aptrgöngum ok reimleikum, enn aðrir menn; sú hin þriðja, at hans
var hefnt úti í Miklagarði, sem einskis annars íslenzks manns; ok það
með, hverr giptumaðr þorsteinn drómundr varð á sínum efstum dögum,
sá hinn sami, er hans hefndi“. Die letztere Stelle zeigt sich deutlich
als einige Zeit nach Sturla's Tod (1284) geschrieben, gleichviel übrigens,
ob sie demselben mit oder ohne Recht die auf seinen Namen hin angeführten Bemerkungen in den Mund legt; aber auch von der ersteren
hat Guðbrandr Vigfússon bereits bemerkt[4]), dass sie in anderen Recensionen der Sage fehlt, und aus diesem wie aus anderen Gründen eine
spätere Interpolation, wahrscheinlich aus dem Anfange des 14. Jhdts.
sein müsse. Allerdings heisst es auch in der Hólmverja s., cap. 40,
S. 117—18. von Hörðr Grímkelsson: „Segir ok svo Styrmir prestr hinn
fróði, at honum þikkir hann hafa verit í meira lagi af sekum mönnum,

---

1) Vgl. Íslendínga sögur, II, S. XXI—III, und XXXIX—XL, sowie Arwidsson, Förteckning,
S. 26—27.

2) Bjarnar s. Hítdælakappa, S. 38—39: váru (Björn und Grettir) kallaðir jafnsterkir menn.

3) Die hier in Bezug genommenen Kraftproben Orms und þórálfs werden im Orms þ. Stór-
ólfssonar der Flateyjarbók, I, S. 524, erzählt.

4) Ný félagsrit, XVIII, S. 164; vgl. S. 162.

sakir vizku ok vopnfimi, ok allrar atgjörfi; hins ok annars, at hann
var svo mikils virðr útlendis, at jarlinn í Gautlandi gipti honum dóttur
sína; þess hins þriðja, at eptir eingan einn mann á Íslandi hafa jafn
margir menn verit í hefnd drepnir, ok urðu þeir allir ógildir". Und
nicht minder sagt die Eyrbyggja, welche doch aller Wahrscheinlichkeit
nach um die Mitte des 13. Jhdts., und jedenfalls noch vor der Unter-
werfung Islands unter den König von Norwegen abgefasst wurde, in
ihrem cap. 12, S. 14: „Steinþórr er til þess tekinn, at hinn þriði maðr
hafi bezt verit vígr á Íslandi með þeim Helga Droplaugarsyni ok Vè-
mundi kögr", sodass man sich allenfalls versucht fühlen möchte, die
Neigung zu derartigen Vergleichungen, welche ohnehin in dem alten
Unterhaltungsmittel des „mannjafnaðr" bereits ihr Vorbild hatte[1]), bis
über die Mitte des 13. Jhdts. hinaufzudatiren. Indessen ist doch zu
bemerken, dass unsere handschriftliche Gewähr für die Eyrbyggja nicht
über die Vatnshyrna und den Cod. Guelferbitanus hinausreicht, von
denen die erstere um das Jahr 1400, und der letztere nur um ein halbes
Jahrhundert früher geschrieben ist, und dass die Hólmverja s. unzweifelhaft nur mit zahlreichen späteren Interpolationen versehen uns vorliegt[2]); eine ganze Handschriftenclasse der letzteren hat statt der oben
ausgeschriebenen Bemerkung nur den kurzen Satz: „segja menn, at
eptir engan mann sekan hafi jafnmargir í hefnd verit drepnir sem Hörð",
und deren obige Fassung verräth sich unzweifelhaft als eine der Grettis
s. nachgebildete Parallele, bei welcher Styrmir nur genannt sein mochte
um dem Sturla das Gegengewicht zu halten. Vergleichungen aber wie
die in der Fagrskinna, § 25, S. 14: „þórólfr Skólms sunr var kallaðr
jafnsterkr Hákoni, en engi fannsk hinn þriði þeirra maki at sterkleik",
oder wie die oben aus der Bjarnar s. Hítdælakappa angeführte, oder
das bekannte Urtheil des þorgils Arason über Grettir Asmundarson,
þormóðr Kolbrúnarskáld und þorgeirr Hávarðsson, welches die Grettla,
cap. 51, S. 115—16. anführt, gehören überhaupt nicht hieher, da es
sich hiebei um eine einfache Abwägung der Leistungsfähigkeit oder der

---

1) vgl. z. B. Heimskríngla, Sigurðar s. Jórsalafara, cap. 25, S. 681; Morkinskinna,
S. 186; FMS., VII, cap. 26, S. 119.
2) vgl. Jón Sigurðsson, in den Íslendinga sögur, II, S. IV.

Charakteranlagen gleichzeitig Lebender durch ihre Zeitgenossen handelt, nicht aber um eine litterarische Spielerei mittelst der Gegenüberstellung von Männern aus ganz verschiedenen Zeiten durch Schriftsteller, welche einer ungleich späteren Periode angehörten als sie alle.

Fasse ich nun alles Bisherige zusammen, so ergeben sich mir folgende Schlüsse auf die muthmassliche Entstehungsgeschichte der Hænsaþóris saga. Dieselbe scheint mir ursprünglich nur auf Grund mündlich umlaufender Ueberlieferungen aufgezeichnet worden zu sein, vollkommen unabhängig von jeder Beeinflussung durch die Geschichtschreibung Ari's. Für die gänzliche Unbekanntschaft des Verfassers der Sage mit dieser letzteren scheinen mir nicht nur die mancherlei Abweichungen der Quelle von der Darstellung Ari's zu sprechen, sondern weit entschiedener noch der andere Umstand, dass in derselben ursprünglich die weitaus bedeutendste Folge der Verhandlungen, welche gelegentlich des Processes gegen die Mordbrenner am Alldinge geführt wurden, die Einführung nämlich einer neuen Bezirksverfassung auf der Insel, mit keinem Worte erwähnt war; es scheint mir geradezu undenkbar, dass der Verfasser der Sage in seiner ausführlichen Darstellung der betreffenden Vorgänge dieser hochwichtigen Neuerung mit keiner Sylbe gedacht haben sollte, wenn er aus Ari's Werken von ihrem Zusammenhange mit der von ihm besprochenen Streitsache Kenntniss gehabt hätte. Dass aber unser Verfasser nur aus mündlichen Ueberlieferungen schöpfte, wie solche an Ort und Stelle umliefen, das ergiebt sich zum Theil schon aus eben dieser seiner Unbekanntschaft mit dem namhaftesten und allgemeinst bekannten Schriftsteller seiner Heimat, zum Theil aber folgere ich es aus der eigenthümlichen Beschaffenheit, welche seine Erzählung der auch von Ari besprochenen Vorgänge zeigt, und aus der vollkommenen Localkenntniss, welche die Sage in allen und jeden Beziehungen verräth. Es begreift sich, dass in der Zeit, da man auf Island überhaupt anfieng Sagen aufzuzeichnen, die Localsage im Borgarfjörðr sich noch lebhaft genug mit dem berühmten Mordbrande beschäftigen mochte; es begreift sich aber auch, dass in den dritthalbhundert Jahren, welche zwischen ihm und der Abfassung unserer Sage in Mitte lagen, die Erinnerung an denselben sich bereits vielfach verzerrt und verdunkelt hatte, — dass gar manche geschichtliche Thatsachen fallen gelassen, gar manche un-

geschichtliche Züge aufgenommen, endlich auch gar manche Verwechs-
lungen in Bezug auf Personen und Ereignisse in die Erzählung einge-
drungen sein mochten, wie ja diess Alles bei Ueberlieferungen, welche
geraume Zeit hindurch lediglich auf mündlichem Wege sich fortpflanzen,
ganz regelmässig der Fall zu sein pflegt. Theils aus jener Unbekanntschaft des Verfassers der Sage mit Ari's Werken, theils aber auch aus
der ungekünstelten und lebensfrischen Darstellungsweise desselben schliesse
ich endlich, dass derselbe kein gelehrter Kleriker vom Schlage des
Oddr Snorrason, Gunnlaugr Leifsson oder Styrmir Kárason, sondern
entweder ein Laie oder doch ein Geistlicher von geringerer Gelehrsamkeit
und grösserer Volksthümlichkeit gewesen sein müsse als jene; seinen
Namen zu errathen, überlasse ich Anderen, da mir hiezu jeder Anhaltspunkt fehlt, und bemerke nur, dass an den mit Ari's Schriften wohl-
bekannten Snorri Sturluson nicht gedacht werden darf, obwohl dieser
vom Frühjahre 1202. ab zu Borg, und vom Frühjahre 1208. ab zu
Reykjaholt wohnte[1]), und gerade am letzteren Orte sich viel mit Sagenschreibung befasste[2]), also hart neben jenem Hofe zu Breiðabólstaðr,
welchen seinerzeit die eine der Hauptpersonen unserer Sage, nämlich
Túngu-Oddr, bewohnt hatte. — Das so entstandene Original unserer
Sage scheint mir sodann die Quelle gewesen zu sein, aus welcher Styrmir
oder Sturla, wahrscheinlicher jedoch der erstere, ihre von Ari abweichenden Angaben über den Mordbrand, und was mit demselben zusam-
menhängt, geschöpft haben, welche dann von ihnen aus in unsere
eigentliche Landnáma sowohl als in unsere Hauksbók übergiengen; auch
die Verfasser der Annalen und der Bárðar s. dürften ihre Nachrichten,
direct oder indirect, wider lediglich aus jener Bearbeitung der Landnáma
bezogen haben. Ist diese meine Anname richtig, so gewährt dieselbe
auch einen festen Anhaltspunkt für die Bestimmung der Zeit, in welche
die ursprüngliche Abfassung unserer Sage gefallen sein musste. Wurde
dieselbe nämlich wirklich von Styrmir bei seiner Bearbeitung der Landnáma gebraucht, so musste sie jedenfalls vor dem Jahre 1245. bereits
aufgezeichnet gewesen sein, als in welchem jener starb; da aber ande-

---

1) vgl. Jón Sigurðsson, im Diplomat. Island., I, S. 349.
2) Sturlúnga, V, cap. 11, S. 123.

rerseits vor dem letzten Quartale des 12. Jhdts. die Abfassung der
Íslendínga sögur auf der Insel überhaupt noch nicht in Gang gekommen
war, und die sehr gewandte Darstellung in unserer Sage diese doch
auch nicht zu den ersten unbeholfenen Versuchen auf diesem Gebiete
zu zählen erlaubt, dürfte sich der für die erste Aufzeichnung der Hænsaþóris s. in Frage kommende Zeitraum etwa auf die Jahre 1195—1245.
begrenzen, keinenfalls aber über das Jahr 1284, in welchem Sturla starb,
herabrücken lassen. — Weiterhin scheint mir dann aber auch unsere
Sage selbst wider eine Ueberarbeitung erlitten zu haben, bei welcher
die Landnáma, und zwar bereits in der Gestalt benützt wurde, welche
sie in Styrmir's Hand angenommen hatte; ich schliesse diess, abgesehen
von Gründen, die aus den früheren Auseinandersetzungen sich bereits
ergeben, zumal auch daraus, dass der Ueberarbeiter seine Darstellung
doch wohl mit den Angaben Ari's in besseren Einklang zu bringen gesucht haben würde, wenn er in der von ihm benützten Recension der
Landnáma diese noch vorgefunden hätte. Bei dieser Gelegenheit erst
dürfte die Verschmelzung der beiden Blundketils in dieselbe hineingekommen sein, welche sich der gelehrte Prior hatte zu Schulden kommen lassen; ebenso die störende Besprechung des Torfi Valbrandsson
in cap. 1, S. 122, der Brüder des þorkell trefill in cap. 1, S. 124,
u. dgl. m. Neben den aus der Landnáma geschöpften Zusätzen scheint
aber gleichzeitig auch in manchen anderen Beziehungen der ursprüngliche Verlauf der Erzählung umgestaltet und interpolirt worden zu sein;
ob gerade damals auch jene aus der älteren Íslendíngabók herüber-
genommene Episode über die Ordnung der Bezirksverfassung in diese
hereingekommen sei, oder ob nicht etwa erst ein späterer Abschreiber solche
in dieselbe eingeschaltet habe, lasse ich dahingestellt, da mir das bei
dieser Interpolation eingeschlagene Verfahren ein noch ungleich roheres
scheint als dasjenige, welches jener erstere Ueberarbeiter der Sage be-
obachtet hatte. Ist aber meine Vermuthung begründet, dass dieser
erste Ueberarbeiter unserer Sage die Landnáma bereits in der von
Styrmir herrührenden Gestalt benützt habe, so lässt sich ebendamit auch
für seine Thätigkeit wenigstens annähernd eine Zeitbestimmung gewinnen. Vor der Mitte des 13. Jhdts. kann derselbe nicht gearbeitet haben,
während andererseits der sprachliche Charakter seiner Darstellung sowohl

als deren rein nationale, jedem Einflusse fremdländischen Geschmackes
noch durchaus unzugängliche Haltung seine Wirksamkeit kaum über die
Mitte des 14. Jhdts. herabzurücken gestattet. Berücksichtigt man, dass
der Ueberarbeiter, wie oben nachgewiesen wurde, der Rechtsterminologie
bereits nicht mehr völlig mächtig war, wie solche der in den Jahren
1262—80, entstandenen, und in der Staðarhólsbók niedergelegten Recension der sog. Grágás noch geläüfig war[1]), und dass er auf die Anfangs
so misliebigen Bestimmungen der Jónsbók über die Expropriation von
Heuvorräthen trotz der ungesucht sich darbietenden Gelegenheit keinerlei
Seitenblick warf, so dürfte sich alle Wahrscheinlichkeit dafür ergeben,
dass seine Thätigkeit eher der zweiten als der ersten Hälfte jenes Zeit-
raumes, also ungefähr dem Anfange des 14. Jhdts. zuzuweisen sein
möchte.

Durch die bisherigen Erörterungen über die Entstehungsgeschichte
unserer Sage ist meines Erachtens auch bereits das Urtheil im Wesentlichen entschieden, welches wir über deren Glaubwürdigkeit zu fällen
haben. Alle diejenigen Theile der Erzählung, welche wir lediglich auf
den Ueberarbeiter der Sage zurückzuführen Grund haben, können natürlich nicht den mindesten Glauben beanspruchen, soferne dieselben
theils rein willkürliche Erfindungen ihres Verfassers, theils wenigstens
nur aus anderen Quellen geschöpft sind, die wir selber wider als sehr
wenig verlässige kennen gelernt haben. Aber auch jener andere, und
weitaus überwiegende Theil des Inhaltes unserer Sage, welcher von Anfang an in derselben wurzelhaft gewesen war, kann doch nicht auf ein
höheres Mass von Glaubwürdigkeit Anspruch machen, als welches mündlichen Ueberlieferungen zugestanden werden kann, welche erst dritthalb
Jahrhunderte nach dem Eintritte der Ereignisse aufgezeichnet wurden,
von welchen sie berichten, und in allen denjenigen Punkten zumal, in
welchen unsere Sage mit den Angaben des alten Ari in Widerspruch
steht, haben diese letzteren meines Erachtens unbedingt vorzugehen.
Mit dieser Behauptung trete ich allerdings dem Urtheile der anerkanntesten
Autoritäten direct entgegen, welche sich sammt und sonders gegen Ari

---

1) vgl. über deren Entstehungszeit meine Bemerkungen in der Germania, XV, S. 1—17.

und für unsere Sage ausgesprochen haben; so P. E. Müller[1], Jón Sigurðsson[2]), Guðbrandr Vigfússon[3]), und wohl auch Munch, der sich zwar
nicht ausdrücklich über die Frage ausspricht, aber doch seine ganze
Darstellung der betreffenden Vorgänge auf unsere Sage baut[4]). Indessen
kann ich mir nicht einreden, dass Ari, der auf die Genealogie seines
Hauses hinreichenden Werth legte, um dessen Mannsstamm von Vater
auf Sohn durch 37. Glieder hinaufzuverfolgen, von denen doch wenigstens die letzten 8. durchaus geschichtlich sind, und welcher noch von
der alten þuríðr so Vieles erfahren hatte, der Tochter des im Jahre 1031.
verstorbenen Snorri goði, nicht um die Töchter jener Helga Bescheid
gewusst haben sollte, welche die Schwester eben jenes þórðr gellir gewesen war, von dem er selber im directen Mannsstamme nur um 5. Glieder
abstand. Umgekehrt aber macht mir kein Bedenken, dass die lediglich
der mündlichen Ueberlieferung überlassene Localsage im Borgarfjörðr
nicht nur über einen der Geschlechtstafel der Breiðfirðíngar angehörigen
Personennamen irre gehen, sondern sogar in einer dem eigenen Bezirke
angehörigen Genealogie ein Glied ausfallen lassen, und in Folge dessen
den Herstein zum Sohne Blundketils und diesen letzteren zum Opfer
des Mordbrandes machen konnte; schon der auffälligere Name Blundketils mochte ihr genügen, um diesen an die Stelle seines Sohnes þorkel
treten zu lassen, und nachdem man vollends angefangen hatte den
Blundketil der Egils saga mit dem der Hænsaþóris saga zusammenzuwerfen,
bleibt vollends kaum noch ein anderer Ausweg, da man den Herstein
doch unmöglich zugleich im Jahre 965. schon heirathen lassen, und
zum Urenkel eines Weibes machen konnte, welches die Schwester eines
Mannes war, der erst um 990. starb! Es versteht sich übrigens von
selbst, dass derartige Ungenauigkeiten im Einzelnen der Glaubwürdigkeit
unserer Sage in anderen Beziehungen, die wir auf deren ursprüngliche
Gestalt zurückzuführen berechtigt sind, keinen Abbruch zu thun vermögen, und in einem rechtsgeschichtlich nicht uninteressanten Punkte

---

1) Sagabibl., I, S. 84.
2) Íslendínga sögur, II, S. 122—3, Anm. 10.
3) Safn til sögu Íslands, I, S. 323.
4) norweg. Geschichte, I, 2, S. 153—7.

glaube ich sogar deren Angabe gegenüber mehrfachen Anfechtungen, welche sie gefunden hat, schliesslich noch in Schutz nemen zu sollen; er betrifft die Localität, an welcher im Jahre 965. das Allding gehalten wurde.

In cap. 14, S. 171, unserer Sage heisst es nämlich in Bezug auf das Allding kurz und bündig: „en þíngit var þá undir Ármannsfelli“. In keiner anderen Quelle findet diese Angabe eine Bestätigung, und mit den Worten der Íslendíngabók, cap. 3, S. 6: „alþíngi vas sett at ráþi Úlfljóts oc allra landsmanna, þar es nú es; en áþr vas þíng á Kjalarnesi, þat es þorsteinn Íngólfsson landnámamanns, faþir þorkels mána lögsögomanns, hafþi þar, oc höfþíngjar þeir es at því hurfo“, scheint dieselbe sogar in directem Widerspruche zu stehen. So hat denn auch bereits Jón Eiríksson unter Verweisung auf diese Gründe die Glaubwürdigkeit jener Nachricht unserer Quelle anfechten wollen[1]), und später hat sich Jón Sigurðsson in demselben Sinne ausgesprochen[2]); mir will indessen scheinen, als ob die angeführten Worte der Íslendíngabók eher für als gegen die Richtigkeit der Notiz sprechen dürften. Dem Versuche freilich, welchen Guðbrandr Vigfússon neuerdings in dem von ihm herausgegebenen Wörterbuche Cleasby's gemacht hat, beide Stellen in Einklang zu bringen, kann ich mich nicht anschliessen. Wenn er nämlich meint[3]), schon vor dem Jahre 930. habe Island in dem von Ari besprochenen Kjalarnessþínge, „a general assembly“ besessen, und diese sei nur in dem genannten Jahre von Kjalarnes weg nach der Öxará verlegt worden „near to the mountain Ármannsfell“, sodass die bestrittene Stelle der Hænsaþóris s. eben nur besage, dass die betreffenden Vorgänge sich erst nach dieser Verlegung der Versammlung zugetragen hätten, so habe ich hiegegen vor Allem einzuwenden, dass weder die obige Stelle unserer Íslendíngabók noch die in der jüngeren Melabók überlieferte etwas ausführlichere Angabe über die Stiftung des

---

1) bei Jón Árnason, Historisk Indledning til den gamle og nye Islandske Rættergang, S. 449.

2) in seiner Vorrede zu Bd. II. der Íslendínga sögur, S. XV.

3) s. v. alþíngi, S. 18.

Kjalarnessþínges[1]), von welcher ich anderwärts bereits dargethan habe[2]), dass sie aus der uns verlorenen ersten Recension desselben Werkes geflossen sein müsse, diese Versammlung als eine allgemeine, d. h. für das gesammte Land eingesetzte bezeichnen. Ari spricht nur davon, dass neben þorsteinn Íngólfsson noch einige weitere Haüptlinge bei derselben betheiligt waren, und jene andere Stelle nennt uns als solche den Helgi Bjóla und den Örlýgr; es sind also nur Haüptlinge, die zu Reykjavík, Esjuberg, Hof, d. h. in nächster Nähe des Vorgebirges Kjalarnes wohnten, welche uns genannt werden, und Ari's eigener Ausdruck weist überdiess bestimmt genug darauf hin, dass nur einige, keineswegs aber alle Haüptlinge sich an dem Dinge betheiligten, wie denn auch in der That ein alsherjarþíng oder landsþíng insolange nicht möglich war, als man sich nicht über alsherjarlög oder landslög geeinigt hatte, wenn auch gelegentlich einmal in Ermangelung eines anderen Ausweges eine einzelne Rechtssache aus einem entfernteren Bezirke an jenes Ding durch den Consens der Partheien gebracht werden mochte[3]). Es ist demnach nicht die Gleichartigkeit beider Versammlungen in Bezug auf die Ausdehnung ihres Sprengels, was den Ari veranlasste, sie mit einander in eine gewisse Verbindung zu bringen, sondern lediglich der ganz andere Umstand, dass man in Anerkennung des Verdienstes, welches þorsteinn sich durch die Stiftung des angesehenen Kjalarnessþínges erworben hatte, und doch wohl auch in Berücksichtigung der anderen Thatsache, dass er der Sohn des ersten und zugleich eines der mächtigsten unter den Einwanderern war, ihm die Hegung des neugestifteten Alldinges für sich und seine Nachfolger in seinem Godorde überliess; die jüngere Melabók lässt diesen Causalnexus noch ganz deutlich erkennen, und damit jeden Grund verschwinden, der zu der Auffassung des alten Kjalarnessþínges als einer allgemeinen Landesversammlung bestimmen könnte. Ausserdem möchte auch die Bezeichnung „undir Ármannsfelli" auf die spätere Dingstätte der Landesversammlung topographisch kaum passen. So imposant der Gipfel dieses Berges über die Dingfläche

---

1) Íslendínga sögur, I. S. 336.
2) Quellenzeugnisse, S. 28—29.
3) Grettla, cap. 10, S. 15.

hereinsieht, so liegt derselbe doch meines Erachtens allzu weit von der
Stelle ab, wo sich nach Ausweis unserer Sagen und Rechtsbücher die
Landsgemeinde zu versammeln pflegte, als dass man von deren Ver-
sammlung an seinem Fusse sprechen könnte. Dagegen glaube ich aller-
dings auf einem ganz anderen als dem von Guðbrand eingeschlagenen
Weg zu dem von diesem erstrebten Ziele gelangen zu können. Genau
erwogen, sagen nämlich die Worte Ari's nur, dass das Allding zu der
Zeit da er schrieb, d. h. etwa in den Jahren 1120—30, an derselben
Stelle gehalten worden sei, die ihm Úlfljótr um zwei Jahrhunderte früher
angewiesen hatte; dass man es aber auch während dieser ganzen
Zwischenzeit niemalen an einem anderen Flecke gehalten habe, das liegt
ganz und gar nicht in seinen Worten, vielmehr möchte man umgekehrt
daraus, dass er sich überhaupt veranlasst sah die Identität jener ursprünglichen Dingstätte mit der zu seiner eigenen Zeit gebraüchlichen
ausdrücklich hervorzuheben, sogar darauf schliessen, dass vorübergehende
Verlegungen derselben an andere Orte in der Zwischenzeit allerdings
vorgekommen seien. Völlig stringent ist der letztere Schluss allerdings
nicht, da sich gegen ihn einwenden lässt, dass Ari bei seiner Bemerkung
nur an den Gegensatz der neueren zu þingvellir, und der älteren zu
Kjalarnes gehaltenen Versammlung gedacht haben möge; aber fürs Erste
ist diese Auslegung wenig wahrscheinlich, da dieser letztere Gegensatz
bereits durch die Bezeichnung der ersteren Versammlung als alþíngi,
d. h. als eine das ganze Land betreffende, und die Charakterisirung der
letzteren als einer nur von einzelnen Haüptlingen eines einzelnen Landes-
theiles gebildeten ungleich schärfer hervorgehoben war, als er diess durch
die Verweisung auf die vergleichsweise doch nur sehr wenig bedeutsame
Verschiedenheit des Versammlungsortes werden konnte, und fürs Zweite
würde eine derartige Einwendung, deren Stichhaltigkeit sogar zugegeben,
doch immerhin nur feststellen, dass Ari bei diesen seinen Worten nicht
ausdrücklich auf eine inzwischen eingetretene Verlegung der Dingstätte
hindeuten wollte, aber ganz und gar nicht beweisen, dass er solche
durch dieselben ausdrücklich als nichterfolgt bezeichnen wollte. An
Zweierlei kann man aber denken, wenn man eine temporäre Verlegung
der Dingstätte sich erklären will. Wir wissen aus den Annalen, dass
im Jahre 1178. die gesetzgebende Versammlung im Haukadalr zusam-

mentratt, also über eine Tagreise entfernt von der ordentlichen Dingstätte, und wenn uns zwar alle näheren Angaben über den Grund dieser
Unregelmässigkeit fehlen, so werden wir doch kaum irren, wenn wir
denselben in irgend welchen Partheikämpfen suchen, welche den Besuch
von þíngvellir bedenklich oder unmöglich erscheinen liessen. Anderen-
theils wissen wir aber auch, dass die ganze Umgebung der Dingstätte
tief zerklüftet, und den plötzlichsten Umwälzungen ausgesetzt ist, wie
denn z. B. Eggert Ólafsson erzählt[1]), dass im Jahre 1740. plötzlich
während der Dingzeit die Öxará so vollständig ausblieb, dass man 8. Tage
lang trocknen Fusses durch deren Bett gehen konnte, bis endlich nach
Ablauf dieser Zeit der Fluss ebenso plötzlich in seiner alten Stärke
wider hervorbrach. Bei solcher Bodenbeschaffenheit ist es nun leicht
denkbar, dass irgend eine Ænderung im Wasserlaufe, ein Einsinken
einzelner oder eine Spaltung anderer Felsparthieen, ein Bergschlipf,
u. dgl. m. eine vorübergehende Verlegung der Dingstätte an einen anderen, nicht allzu weit abgelegenen Ort veranlasst haben mag, und der
unanstössige Grund solcher Verlegung, die geringe Entfernung der in-
terimistischen Dingstätte, sowie die kurze Dauer ihres Gebrauches lassen
es leicht erklärlich erscheinen, wenn von deren Wahl sowohl als von
der Rückkehr zu dem normalen Versammlungsorte in den Quellen sonst
nirgends gesprochen wird. Weit schwerer wäre es jedenfalls zu erklären,
wie der Verfasser unserer Sage auf den Einfall gekommen sein sollte,
dem Alldinge eine andere als seine allbekannte Dingstätte anzuweisen,
woferne ihm nicht eine wirkliche geschichtliche Ueberlieferung in dieser
Richtung zu Gebote gestanden wäre. So werden wir denn unbedenklich
in diesem Punkte der Autorität der Hænsaþóris saga vertrauen, und an
die Abhaltung des Alldinges von 965. an etwas weiter nordwärts ge-
legener Stelle glauben dürfen.

---

[1]) Reise igiennem Island, S. 881—2.